조선 청소년 이야기

조 선
청소년
이야기

김종광 각색소설

교유서가

차례

내 남자는
내가 선택한다

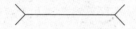

이 글의 원문은 『동패집(東稗集)』에 제목 없이, 『이조한문단편집』에
는 「정기룡(鄭起龍)」으로 수록되어 있다.

『동패집』은 편찬자, 편찬 연대를 알 수 없는 한문 야담집이다.

『이조한문단편집』(전 4권, 이우성·임형택 역편)은 17~19세기 한문책에
서 발굴해낸 187편을 번역하여 묶은 책이다. 1권은 1973년, 2·3권은
1978년에 처음 간행되었다. 2018년에 전 4권으로 개정판이 나왔다.
지금은 한국고전번역원이 제공하는 데이터베이스(DB)와 여러 출판
사의 각종 한문 번역서를 통해 한문책 번역을 쉬이 접할 수 있지만,
그 이전 이 책의 가치와 활용도는 드높을 수밖에 없었다.

정기룡의 아비는 진주 병영의 관노비였다. 아비는 상주로 도망하였고 한 여인을 만나 기룡을 낳았다. 기룡이 여남은 살 때 아비는 역병을 앓았다. 아비는 기룡의 여린 손을 붙잡고 유언했다.

　"어머니를 잘 모시거라."

　어머니는 골골했다. 기룡은 도둑밭을 일구었다. 구걸해서 조금씩 얻은 씨앗을 뿌려 입에 풀칠할 곡식을 거두었다. 약초를 캐다가 의원에, 나무를 해다가 부잣집에 팔았다.

　기룡은 산속에 숨어 살던 한 노인에게 무예를 배웠

다. 노인은 그놈 참 쓸 만하게 생겼다면서 검술, 궁술, 창술, 택견을 가르쳐주었다.

"저 같은 놈이 이딴 걸 배워서 뭐 해요?"

"혹시 아느냐, 훗날 팔자가 바뀔는지."

기룡이 열일곱 살 때 추쇄꾼들이 찾아왔다.

"네 아비가 이미 죽었으니, 너라도 데려가야겠구나."

아버지가 종이니 그 아들도 종이라는 것이었다.

기룡은 어머니를 안심시켰다.

"차라리 잘된 일입니다. 이런 산골짜기에 평생 숨어 살아 무엇 하겠습니까. 제 인생의 기회인지도 몰라요."

기룡은 은근히 기대가 되었다. 병영은 싸우는 부대다. 종놈이라도 무예가 출중하다면 발탁될 기회가 있을지도 모른다.

무예 스승의 말이 떠올랐다. 고려 때는 무신들이 나라를 마음대로 다스렸다. 그때 출세한 무장 중 태반이 미천한 출신이었다. 조선조에 들어서도 원래는 미천한 신분이었으나 이러저러한 난리 때 큰 공을 세워 출세한 사람이 한둘이 아니다. 혹시 아느냐? 너에게도 그와 같은 일이 있을는지.

기룡은 당연히 어머니를 모시고 갈 작정이었다.

"이놈아, 우린 너만 데려가면 돼. 아픈 아줌마를 왜 데려가?"

"나더러 지금 어머니를 버리고 가라고요? 그게 말이 됩니까?"

"네 엄마는 데려가봐야 돈을 안 줘요. 돈 걸린 건 너 하나야."

"이것들이 진짜, 내가 순순히 잡혀주니까 만만한 콩 떡으로 보였느냐?"

기룡은 삽시간에 추쇄꾼 사내 셋을 고꾸라뜨렸다. 어리다고 얕보고 무방비로 있다가 당한 것이다. 추쇄 꾼들은 무기까지 빼 들고 진지하게 협공했다. 기룡은 연습 때 쓰던 목검으로 급소를 가격해 하나씩 기절시 켰다.

어머니는 하얗게 질렸다.

"네가 사람을 죽였느냐?"

"곧 깨어날 거예요. 어머니, 도망갑시다. 뭐, 아무 데 서나 살면 어때요. 어머니만 잘 모시면 되지."

"병영에 가고 싶다고 하지 않았느냐? 기회가 될는지

도 모른다고…….”

“어머니를 모시고 갈 수 있을 때 얘기죠.”

“나 때문에 그러면 안 된다. 혼자 가거라.”

“어머니를 버리고 갈 수 없다니까요.”

“내가 병약하다만 혼자 못 살 정도는 아니다. 게다가 여기는 이 어미의 고향이다. 나도 내 한 입은 책임질 수 있고, 일가친척이 나를 보살펴줄 것이다. 네가 일이 잘 풀려 나를 데리러 올 수도 있다. 지금은 너 혼자 가는 게 맞다.”

“어머니는 나 없으면 안 돼요.”

“아들아, 이 어미를 생각한다면 혼자 가거라. 지금 네가 나를 데리고 도망치면 너도 네 아비처럼 평생 숨어 살아야 한다. 너만큼은 밝은 세상에서 살아다오.”

기룡은 진정하고 생각해보았다.

“어머니 말이 맞아요. 제가 꼭 출세하겠습니다. 출세하여, 어머니를 모시러 오겠습니다.”

기룡은 일가친척을 찾아다니며 어머니를 부탁했다.

기둥에 동아줄로 묶어놓았던 추쇄꾼들을 풀고 앞장섰다.

“아저씨들, 갑시다!”

진주 병영. 병영의 관노안(官奴案, 관에 예속된 노비의 장부)에 아비의 이름이 지워지고, 대신 정기룡의 이름이 적혔다. 기룡은 관노비가 된 것이다. 관노비라도 병졸이 되는 줄 알았는데 어리석었다. 병졸들의 종이 된 것이었다.

기룡은 종일 병졸들을 위해 밥하고 빨래하고 청소하고 병장기를 닦았다. 병졸들을 먹일 식량을 생산하는 논과 밭에서 소처럼 일했다.

기룡은 관노비 아저씨들에게 물었다.

"설마 평생 이렇게 살아야 하는 건 아니죠? 우리도 언젠가는 병졸이 될 수 있는 거죠?"

아저씨들이 웃었다.

"병졸은 양민만 될 수 있는 것이다. 우리는 평생 종이야, 종."

"병졸이 될 기회 같은 건 없단 말요?"

"병졸이 돼서 뭐 하게? 전쟁이라도 나면 제일 먼저 죽는 게 병졸인데. 봐라, 병졸들이 얼마나 불쌍하냐. 만날 얻어터지면서 훈련만 하잖아. 종놈 신세가 훨씬 편하지."

"병졸로 잘 싸우면 장군이 될 수도 있잖아요!"

"종놈 주제에 별 헛생각을 다 하네."

기룡은 절망했다. 정녕 종놈에게는 아무런 기회도 없다는 것을 깨달았다.

기룡은 게을러졌다. 종노릇을 열심히 하면 병졸이 될 기회라도 올 줄 알았는데, 그런 기회조차 안 올 것이라면 무어 미쳤다고 열심히 한단 말인가. 아무것도 하기 싫었다. 일을 좀 하다가도 가슴속에서 울화가 치밀어 금방 그만두었다. 아저씨들이 나무라면 마구 대들었다. 기룡의 무서운 힘을 몇 번 보고, 아저씨들은 더는 무슨 말도 못 했다.

그날도 다른 사내종들은 들판에서 바삐 일하는데 기룡은 혼자 병영 뜰에서 낮잠을 자고 있었다. 기룡은 잠꼬대를 했다.

"정기룡 장군이 나가신다. 나를 따르라. 내가 선봉으로 적진을 휘젓겠다. 누가 감히 도망치느냐? 내 칼에 죽겠느냐, 적과 싸우다가 죽겠느냐? 화살을 쏴라. 포를 쏴라. 말을 달려라. 물러서지 마라. 내가 선봉이다. 나는 정기룡 대장군이다!"

감사(관찰사)는 괴이한 소리를 따라왔다가 그 꼬락

서니를 보게 되었다. 기룡의 옆구리를 퍽 찼다. 기룡이 반사적으로 일어나 주먹을 쥐며 소리쳤다.

"어떤 놈이 감히 대장군을 건드리느냐?"

기룡은 먼발치에서 봤던 감사를 알아보고 얼른 무릎을 꿇었다. '죽을죄를 지었습니다' 같은 말이 나와야 옳겠지만 기룡은 아무 말도 하지 않았다.

감사가 헛웃음을 지었다.

"넌 웬 놈이냐?"

"관노 정기룡입니다."

"종놈이 왜 퍼질러 있느냐?"

"그냥 그랬습니다."

"요놈 보게. 어린놈이 도둑잠 자는 것은 그럴 만하다고 하자. 하나 어린놈 잠꼬대가 심하잖으냐? 네놈이 자면서 지껄인 소리를 알기는 하느냐?"

"꿈을 꾸었습니다. 꿈속에서 대장군이 되어 적과 싸웠습니다. 잠꼬대를 했다면 병졸을 지휘하는 소리였을 것입니다."

"종놈이 대장군이라니!"

"꿈도 못 꿉니까?"

"네가 지금 죽고 싶어 환장했느냐? 내가 누군 줄 알

고 대드느냐?"

"감사 나리, 차라리 죽여주십시오. 저 같은 게 살아 뭐 하겠습니까?"

"뭐라?"

"소인은 비록 천한 신분이나 포부가 웅대합니다. 종놈이라 꿈도 꾸지 말라니 이래 살아 뭐 하겠습니까? 대장부가 이깟 종질에 썩고 있으니 울화가 치밀어 못 살겠습니다. 차라리 안 살고 말겠습니다."

"네놈이 아주 미쳤구나."

"미치지 않았습니다. 꿈이 클 뿐입니다."

감사는 기룡을 한참 노려보다가 웃고 말았다.

"허, 고놈 참 맹랑하기 이를 데 없구나!"

기룡은 두렵지 않았다. 될 대로 되라지.

사흘 뒤 병졸이 정기룡을 데리러 왔다. 따라가보니 연병장이었다. 감사가 사령대에서 지켜보고 있었고 군관들이 지휘하고 있었다. 징이 울렸다. 병졸들이 새로이 줄을 맞췄다. 활쏘기 훈련이 시작되었다.

군관 하나가 정기룡에게도 활을 주었다. 기룡은 세 번 쏘아 세 번 모두 과녁에 명중시켰다.

군관이 물었다.

"칼도 쓸 줄 아느냐?"

"물론입니다."

기룡은 큰 소리로 대답했다.

군관이 병졸 하나를 지목해 기룡과 목검으로 대결하도록 했다. 병졸은 방심하다가 기룡의 찌르기 한 방에 옆구리에 피멍이 들었다. 군관은 병졸 셋을 불러내었다. 기룡은 삼대 일 대결에서도 수월히 이겼다. 기룡은 창 싸움에서는 다섯 명을 이겼고, 택견에서는 그때까지 병영 으뜸 장사 소리를 듣던 병졸을 혼절시켰다.

감사가 밝혔다.

"내 들으니, 정기룡이 노비가 된 것은 억울한 일이다. 관노안에서 기룡의 이름을 삭제하라. 정기룡을 우리 병영의 사환으로 삼겠노라."

기룡은 양민이 되었고, 병영에서 장교들의 심부름과 연락을 담당하게 되었다. 감사와 군관과 장교를 늘 가까이에서 모시는 위치니 병졸 중에서는 으뜸인 자리였다. 성장하면 장교가 될 수 있었고, 무과에 급제하면 군관이 될 수 있었다.

꿈을 꿀 수 있게 된 것이다.

어느 날, 기룡은 감사와 단둘이 있게 되었다. 기룡은 부복하고 진정으로 아뢰었다.

"저 같은 놈에게 기회를 주셨습니다. 이 은혜를 어찌 갚아야 할는지요."

감사가 덕담했다.

"세상이 하 수상하다. 전란이 있을지 모르겠다. 너처럼 포부 큰 청년이 필요할 때가 올지도 모르겠어. 너는 부디 대장부의 뜻을 버리지 말고 정진하거라."

기룡은 뭉클해서 눈물이 나왔다. 기룡은 기거할 집을 얻자 말미를 얻어 어머니를 모셔왔다.

전주 관아의 이방에게는 당돌한 외동딸이 있었다. 딸이 열다섯 살이 되어 부모가 사윗감을 고르려 하자, 소녀는 어깃장을 놓았다.

"여자의 일생은 오로지 지아비에게 달려 있습니다. 한번 혼인을 그르치면 후회막급이잖아요. 어찌 가만히 앉아서 부모가 배필을 정해주기만 기다리고 있겠어요."

"네가 직접 구하기라도 하겠다는 것이냐? 다 큰 계집애가 부끄러운 줄도 모르고 별소리를 다 하는구나."

"아버님께서는 전주 고을에서도 가장 명민하게 일을 처결하는 분이라지만, 사람을 알아보는 직감이 있으신 건 아니잖아요?"

이방은 한숨을 내쉬었다.

"허어, 그게 아비한테 할 소리냐? 내 딸이니 누구한테 뭐랄 수도 없고. 이리 방자하니 누가 너를 데려갈까."

"제 말이 그 말입니다. 장차 제 눈으로 보고 배필을 선택하겠습니다. 혼기를 놓치고 나이를 많이 먹는 한이 있어도 반드시 제 마음에 드는 사람을 얻고야 말겠습니다."

부모가 호되게 야단쳐도 딸은 고집불통이었다. 부모의 뜻을 어기고 제 마음대로 신랑감을 선택하겠다니 참 고약한 계집이로고, 소문이 나서 어디 혼담도 못 넣어보게 되었다. 이러구러 세월이 흘러 딸은 열여덟이 되었다.

전주 관아 이방과 진주 병영 이방은 친척 간이었다. 진주 병영 이방이 정기룡에게 편지 심부름을 보냈다. 기룡이 편지를 들고 찾아갔을 때, 이방 부부는 나들이

중이었다. 딸 혼자 집을 지키고 있었다. 기룡이 대문을
두드렸다. 마침 종들도 없어 처녀가 문가로 갔다.

"어디서 오셨어요?"

정기룡은 우렁차게 대답했다.

"진주 병영 이방 나리 댁에서 편지를 가져왔소."

처녀는 가슴이 뛰었다. 이 목소리! 왜 그런지 설명할
수 없지만, 비범한 사람의 목소리 같았다. 처녀는 조심
스럽게 대문을 열었다. 열일고여덟쯤 되는 총각이 서
있었다. 누더기 옷을 입고 있었지만 건장했다. 그럭저
럭 괜찮은 얼굴이었다. 눈빛이 살아 있는 듯했다. 야망
이 큰 눈이었다. 저만하면 내가 찾던 배필이다. 이제껏
수많은 총각을 훔쳐보았지만 저만한 풍모는 없었다.
저보다 나은 총각을 다시 만날 수 있을까, 없다!

"아버님은 곧 돌아오실 거예요. 사랑 앞에 앉아 기다
리셔요. 아니, 중문 안으로 들어오세요."

기룡이 눈을 부릅떴다.

"그건 안 될 말이오. 남녀칠세부동석인데 여인들이
거하는 중문 안으로 들라니요. 사랑에서 기다리겠소."

"저를 부끄럽게 할 작정입니까! 중문 안에서 기다리
세요."

기룡은 처녀를 쏘아보다가 대꾸했다.

"그러겠소."

처녀의 뒤를 따라가면서 기룡은 생각했다. 당돌한 아가씨일세. 하지만 멋진걸.

기룡은 마루 끝에 앉았고, 처녀는 꽃밭께 서 있었다. 둘은 시선을 나누었다.

처녀의 부모가 들어왔다. 부모는 총각을 보고 깜짝 놀랐다. 총각이 정중히 허리를 숙였다.

부모는 무뢰배는 아니구나 안심했다.

"저게 웬 총각인데 중문간 안으로 들어오게 하였느냐?"

"진주 이방 댁에서 심부름 온 총각예요."

처녀의 말이 무슨 신호라도 된 듯, 총각은 토방에서 내려와 이방에게 편지를 바쳤다.

어머니가 물었다.

"사랑에서 기다리게 해도 되잖느냐? 다 큰 계집애가 겁도 없이 총각을 중문에 들였느냔 말이다."

처녀가 낭랑히 웃었다.

"저의 배필로 작정하였으니 안으로 들어와 있어도 괜찮죠, 뭘."

부모도 놀라고, 정기룡도 놀랐다. 배필이라니?

부모는 정기룡을 노려보았다.

기룡은 발개진 얼굴로 속말했다. 저는 아무런 짓도 아니했습니다, 저는 따님이 왜 저러는 줄 몰라요, 저 같은 것이 저런 어여쁜 처자의 배필이 될 주제는 아니라는 걸 압니다, 저를 그런 무서운 눈초리로 보지 마세요!

어머니는 화를 버럭 내었다.

"부모가 택해주는 남자는 별의별 소리로 반대하고, 제 손으로 배필을 고르겠다더니 고작 누더기 상거지냐?"

"어머니, 괜한 잔소리 말아요."

하도 어이가 없어 아무 말도 못 하고 있던 이방이 호통쳤다.

"저 빙충맞게 생긴 거지 놈이 네가 고른 배필이란 말이냐? 네가 돌았구나."

정기룡은 성질이 나서 이방을 한 대 때려주고 싶었다. 딴은 편지를 빨리 전해주겠다고 옷 꼴이 거지가 되거나 말거나 부지런히 달려온 건데. 그 수고는 알아줄 생각도 안 하고 욕을 하시네. 어우, 내가 이해하자. 딸이 정신 나간 소리를 하는데 막말 안 나오면 아버지가 아니지.

처녀는 기룡을 한번 쳐다보고 아버지에게 말했다.

"아버님 안목이 졸렬해서 저 총각을 알아보지 못하는 거예요. 얼른 보기에는 누추하지만, 이목구비를 자세히 보세요. 어디 한 군데 잘못 생긴 곳이 있는가."

딸이 하도 거세게 나오자 부모는 정기룡을 찬찬히 뜯어보았다. 누더기 옷을 비단옷이라고 생각하고 보니 헌헌장부 꼴은 나왔다.

부모는 기룡을 밖으로 내보내고 딸과 더 말을 해보았는데, 처녀는 오로지 저 총각과만 혼인하겠다는 것이었다.

"저 총각은 분명 크게 될 사람입니다. 이 나라에 이름을 크게 떨칠 겁니다. 제 안목을 믿어주세요."

처녀의 사람 보는 안목이 뛰어난 것은 사실이었다. 이방 집에는 여러 사람이 들락날락했는데 처녀가 훔쳐보고 저분은 믿어도 된다, 저분은 절대로 믿으면 안 된다, 이런 식으로 앞을 내다본 말이 거의 맞아떨어졌다.

부모는 지금껏 딸의 고집을 꺾는 데 성공한 적이 없었다. 왠지 억울했지만 딸의 안목을 믿어주기로 했다.

이방은 사랑방으로 정기룡을 불러들였다.

"네 가문은 어떻게 되느냐?"

"얼마 전까지 가문이라고 할 게 없었습니다. 돌아가신 아비는 관노고 어머니는 이름 없는 양민이었으니까요. 하온데 두어 달 전에 우리 집안이 신원되었다 합니다. 할아버지 대에는 양반 가문이었는데 역적으로 몰렸다는 것이지요. 하오나 그게 저와 무슨 상관이겠습니까."

양반이라는 거잖아? 아비는 마음이 좀 풀렸다.

"너를 내 사위로 삼을까 한다."

"저 같은 거지 사위를 맞겠다니 이치에 안 맞는 말입니다."

"내 딸이 원하네. 자네는 내 딸이 싫은가? 자네가 싫다면 내 딸도 단념하겠지."

처녀만 한눈에 반한 게 아니었다. 기룡도 한눈에 반했다. 처녀가 하는 말이 진심인지 장난인지 의문이었을 뿐이다. 돌아가는 상황을 보니 처녀는 진심인 게 틀림없었다. 그렇다면 이런 기회를 놓쳐서는 안 된다. 저토록 말쑥한 여자를 다시 만날 수는 없을 터였다.

기룡은 똑 부러지게 말했다.

"저도 따님을 원합니다. 따님과 맺어주신다면 평생 행복하게 해주겠습니다."

"부디, 그래주게. 자네는 여기 머물러 있고 모친께 편지를 쓰도록 하게. 여기서 장가들게 되었다고 알려 드리게."

"혼인은 인륜지대사인데 멀리 앉아 편지로 아뢰다니요? 그건 자식 된 도리가 아닙니다. 제가 직접 여쭙고 오겠습니다."

아버지는 점점 정기룡이 마음에 들었다.

"자네 말이 옳구나. 내 생각이 짧았네. 하인과 말을 준비해주겠네."

"제가 아직은 미천한 자로서 하인을 거느릴 주제가 못 됩니다. 튼튼한 두 다리가 있으니 말도 필요 없습니다."

"이미 내 사위로 정하였네. 걸어가게 할 수는 없어."

이방의 집에는 성질 사나운 말이 있었다. 여섯 살짜리 말인데 사람이 근접만 해도 이빨을 드러낸 채 네 발을 번쩍 쳐들며 곤추서는 것이었다. 먹이를 줄 때도 무서워서 가까이 가지 못하고 장대에다 꼴 삼태기를 매달아 멀리서 던져주어야만 했다. 팔아버리려고 했으나 딸이 절대로 안 된다고 고집을 부려 그냥 놔두고 있는 말이었다.

딸이 아비에게 졸랐다.

"제 배필에게 이 말을 주세요."

"그건 또 무슨 해괴한 소리냐? 상대해보니 네 말대로 미래가 기대되는 총각이구나. 내 진심으로 사위로 삼기로 했다. 그런 귀한 사위에게 저 사나운 말을 주라니?"

"걱정하지 마시고 저 말을 타고 고향에 다녀오라 해보세요."

이방은 기룡에게 사나운 말을 가리키며 물었다.

"자네, 저 말을 탈 수 있겠는가?"

"어찌 대장부가 말 한 필을 다루지 못하겠습니까?"

기룡은 말구유 앞으로 다가갔다. 말은 습관대로 입을 쩍 벌리고 이빨을 드러냈다. 곧추서서 발길질을 하려 했다. 기룡은 말의 볼따구니를 냅다 갈기고 호통쳤다.

"이놈, 왜 이다지 무례하냐?"

말은 멍청한 표정이더니 금방 머리를 숙이고 다소곳해졌다. 기룡이 목덜미를 긁어주고 쓰다듬자 말은 더욱 순한 표정을 지었다.

처녀가 우쭐댔다.

"봐요, 말이 사람을 알아보죠."

기룡이 진주에 다녀왔다. 곧장 혼인 잔치를 치렀다.

이방이 사위에게 권했다.

"진주서 사환 노릇으로 노모를 봉양할 것인가? 아전 자리를 만들어줄 테니 여기서 살게."

기룡이 대답을 못 하는데, 색시가 말했다.

"여자는 시집가면 신랑을 따라가 살라고 하였습니다."

기룡 내외는 진주로 돌아가 어머니를 모시고 살았다.

훗날 왜놈들이 쳐들어왔을 때, 정기룡은 육군 장수로 활약했다. 크고 작은 전투를 육십 번 치러 모두 승리했다. 한 번도 지지 않았다. 아이들은 노래했다.

"바다에는 이순신, 육지에는 정기룡!"

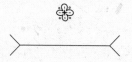

내 인생은
내가 되찾겠다

이 글의 원문은 『동야휘집(東野彙輯)』에 「채교거랑 책귀자(採轎據廊 責貴子)」(신행 온 부인이 행랑에 앉아 귀한 아들을 꾸짖다), 『이조한문단편집』에는 「혼벌(婚閥)」로 수록되어 있다. 인터넷에 '첩이 될 뻔한 유씨의 패기'라는 제목으로 알려져 있다.

『동야휘집』은 이원명(李源命, 1807~1887)이 역대 야담집을 참고하여 1869년경 편찬했다. 대개 『어우야담(於于野譚)』, 『기문총화(記聞叢話)』 등에 수록된 자료를 각색한 것이다.

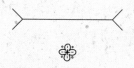

우리 가문은 무늬만 양반이다. 언제부터 한미하게 전락했는지 알 길이 없다. 아버지도 모른다. 가난하고 권세 없는 아버지를 아무도 두려워하지 않았다. 힘 있는 양반들은 아버지를 중인이나 서얼처럼 천대했다. 상민도 아버지를 쉬이 알았다.

할아버지는 양반의 허울을 집어던지고 직접 농사를 지었고 장사도 했다. 아버지는 할아버지와 달랐다. 아버지는 양반다운 양반이 되는 길은 오로지 하나, 과거 급제뿐이라고 믿었다. 향시(1차 시험)에는 합격했으나 평생 노력했어도 진짜 과거인 대과(회시, 2차 시험)에서는 끝내 합격하지 못했다.

아버지가 공부를 덜 해서는 아닐 테다. 나도 안다. 과거 시험이 온갖 비리에 물들어 있다는 것을. 한미한 가문의 아버지는 뇌물을 써도 편법을 써도 과거에 붙을 수 없었다.

아버지는 할아버지가 남겨준 가산을 탕진했다. 아버지는 또 한 번의 과거 준비를 위해서 나를 시집보내기로 하였다.

열일곱 살, 나이가 나이인 만큼 마음의 준비는 돼 있었다. 열여섯이 되자마자 시집간 벗들도 여럿이었다. 제발 괜찮은 사내였으면 좋겠다.

"한 달 후에 데리러 오실 테니 준비하거라."

무슨 말씀이신가? 말씀이 영 이상하시다.

"데리러 오시다뇨?"

"윤감 판서 대감께서 너를 거둬주기로 하셨다. 우리 가문의 광영이 아니겠느냐."

"윤감 대감께서는 연세가 어찌 되시나요?"

"올해 예순이시나 강건하시다."

기가 막혀 아버지를 빤히 쳐다보았다. 아버지는 무안한지 헛기침을 했다. 내가 매서운 눈길을 거두지 않자 호통쳤다.

"이 당돌한 것이 어디서 아비를 노려보는 게냐? 오냐오냐 길렀더니 버르장머리 한번 고약하구나. 부인은 도대체 교육을 어떻게 시켰기에 애가 이 모양이오?"

아버지는 공연히 죄 없는 어머니까지 나무랐다.

참을 수 없었다. 인생이 달린 문제다. 무슨 짐승도 아니고 아버지 욕심에 순순히 희생당할 수는 없다. 발악하듯 물었다.

"소녀를 팔겠다는 것입니까?"

아버지 눈이 휘둥그레졌다.

"팔아?"

"소녀를 예순 늙은이한테 첩으로 주겠다는 거 아닙니까? 대감씩이나 되는 분이 첩이 아니고서야 저 같은 것을 데려가려 하겠습니까? 말이 좋아 첩이지 늙은이한테 딸자식을 팔겠다는 것이잖습니까? 소녀 말이 틀렸습니까?"

아버지는 수염을 바들바들 떨었다.

"못 하는 소리가 없구나."

"도대체 뭘 얼마나 받기로 하셨습니까? 묘지기 벼슬이라도 약속받으셨나요? 논마지기라도 받기로 했습니

까? 제 몸값이 대체 얼마입니까? 열 냥? 백 냥? 쌀가마
입니까? 열 석, 백 석?"

아버지는 벌떡 일어서더니 나를 걷어찼다.

"부인, 이런 년을 그대로 보냈다간 무슨 큰일을 저지
를지 모르겠소. 판서 대감이 올 때까지 버르장머리를
뜯어고치시오."

아버지가 휙 나가버렸다.

"어머니, 제 말이 틀렸습니까? 첩으로 가라니요? 그
게 파는 게 아니고 뭡니까."

어머니는 아버지 편이었다.

"팔다니? 그것이 양반가의 딸 입에서 나올 소리더
냐? 아버지가 깊이 생각하여 성사한 일이다. 다 너를
위해서 한 일이다."

"예순 살 노인네한테 첩으로 던져주는 게, 저를 위해
서라고요? 어이가 없습니다."

"높고도 귀한 분을 모시게 되었으면 과분하게 생각
해야지 웬 투정이냐?"

"어머니는 제가 첩으로 가게 된 게 기쁩니까?"

"본처로 가면 얼마나 좋겠느냐? 하나 우리 집 형편
에 어느 양반가에서 혼인을 맺자고 하겠느냐? 상놈한

테 시집보낼 판이다. 상놈한테 시집가느니 대감의 첩
실이 되는 게 백번 낫지."

"차라리 상놈의 본처가 되겠습니다."

어머니가 내 뺨을 때렸다.

"왜 때리십니까?"

"너처럼 고얀 년을 내 배로 낳다니 기가 막히는구
나."

그렇게 내 운명은 정해졌다. 아무리 반항해도 어버
이는 들으려고 하지 않았다. 딸을 위해 최선의 선택을
했다고 확신했다. 일가친척들이 축하하러 왔다. 일가
친척은 진심으로 기뻐하고 있었다. 가문의 광영이라고
자랑스러워했다. 덕담이랍시고 지껄였다.

"얼마나 기쁜 일이냐? 판서 대감이 정력이 여전하시
다니 애도 낳을 수 있을 테다. 떡두꺼비 같은 아들 하나
만 낳아봐라. 크게 대접받을 것이야."

"너 하기 나름이다. 대감을 극진히 모시면 한재산 마
련하는 거야 손바닥 뒤집기지."

"네 덕분에 네 아버지 앞길에도 빛이 보이는 듯하구
나. 너는 둘도 없는 효녀다."

"첩의 신분으로 사내들을 휘어잡아 마음대로 부린

부인들이 하나둘이더냐. 너는 똑똑하고 산드러진 아이니 능히 그럴 수 있을 것이야."

그간 아버지를 하찮게 여기던 양반과 중인도 찾아왔다. 뭐 하나씩 들고 찾아와 아부했다. 더욱 가소로운 것은 아버지였다. 아버지는 벌써 대감의 장인이라도 된다는 듯 거만하게 손님 접대를 했다. 저리 한심한 분이셨던가. 첩 장인이 뭐라고 유세란 말이신가? 하기는 첩 장인한테 저리 잘 보이려고 나대는 얼간이들도 있으니.

정말이지 첩이 되기 싫었다. 멀쩡하고 인물 좋은 총각의 첩이 되라고 해도 싫다고 할 판인데, 예순 살 홀아비의 첩이 되라니.

무슨 좋은 수가 없을까? 생각하고 또 생각했다. 반항하지도 울지도 죽겠다고 난리를 치지도 않는 나를 보고, 어버이는 기뻐하고 안심했다.

"저것이 결국엔 정신을 차렸구나. 이제 알겠느냐? 판서 대감을 모시게 된 것이 네 큰 복이라는 것을."

속으로 외쳤다. 아버지 두고 보세요. 저는 절대로 첩이 되지 않을 겁니다.

판서 대감이 오는 날이다.

몸종 언년이를 붙잡고 연습을 시켰다. 며칠 전부터 할 수도 있었지만 그러면 들통이 났을 테다. 아침 먹고 나서부터 다그쳤지만, 언년이는 반복해도 나아지지 않았다. 무슨 말인지 하나도 알아들을 수가 없게 웅얼댔다. 가르쳐준 말을 여태 외우지도 못했다.

"어째 그리 숙맥이냐? 내가 정녕 첩이 되는 걸 보고 싶다는 게냐?"

"저한테 너무 어려운 걸 시키시니까. 정말 저는 못 해요. 나리님 앞에만 서도 얼어붙고 말이 잘 안 나오는데, 저 같은 것이 대감님 앞에 서면 아휴, 기절해버릴지도 몰라요."

"큰일 났구나. 지금쯤 대감이 우리 고을에 들어섰을 것이다."

"그냥 첩 가세요. 남들은 가고 싶어도 못 가는 대감 첩이잖아요."

"안 되겠다, 최후의 방법을 쓰는 수밖에."

"그게 뭔데요?"

족두리와 치장을 떼고 명주 저고리와 비단 치마를 벗었다. 언년이를 굴리다시피 해서 무명 저고리와 무명 치마를 벗게 했다. 언년이의 옷을 주워 입었다.

"너는 신부 노릇 좀 하고 있어라. 부모님한테 절대로 들키면 안 된다!"

"뭐라구요? 아가씨, 말이 되는 소리를……."

신방을 빠져나왔다. 고개를 푹 수그리고, 집을 나왔다. 집 안 사람들과 일 도와주러 온 상민이 나를 보았지만, 옷차림만 보고 언년인 줄 알았는지 붙잡지 않았다.

산길로 한참 갔다. 큰길 근처 산언덕에서 멀리 내려다보았다. 판서 대감이 직접 온다고 했다. 대감이 어떻게 생겼는지 모른다. 허나 태 나게 올 것이다. 이윽고 판서 대감의 행차로 짐작되는 행렬이 보였다.

언덕을 내려갔다. 큰길 한가운데 서서 행렬이 다가오기를 기다렸다. 갓 쓴 사람 서넛, 교자를 멘 사내종 예닐곱, 교자 위에 풍채 좋은 늙은 양반네, 꽃가마를 멘 사내종 네댓, 여종으로 뵈는 아주머니 서넛. 그들은 날라리도 불지 않고 조용히 오고 있었다.

예상했던 것보다 단출한 행차였다. 좀 섭섭했다. 대감도 그 나이에 열일곱 살짜리 첩실 들이는 것이 자랑스럽지만은 않겠지. 그래도 어린 처녀를 데리러 오는 길 아닌가, 어린 처녀 기분을 생각했다면 온 고을 사람이 다 구경나오도록 떠들썩한 행차일 수도 있잖은가.

갓 쓴 사람이 버럭 고함을 쳤다.

"물렀거라!"

꼼짝도 하지 않았다.

"미친년이 아니냐?"

"미친년 아닙니다. 혹시 판서 대감의 행차가 아니신지요?"

"네년은 간덩이가 배 밖으로 나왔느냐? 감히 대감님의 행차인 걸 알면서도 길을 막고 섰어? 모가지를 분지르기 전에 썩 꺼지거라."

"저는 유씨 댁에서 왔습니다. 저는 대감마님과 혼인할 유 낭자의 몸종입니다. 대감께 전할 말씀이 있어 왔습니다."

"세상에 이런 고약한 일이 다 있나. 어디서 종년이 함부로 나불대느냐? 뭣 하느냐, 어서 저년을 치워라!"

사내종 두엇이 나한테 달려왔다.

"유 낭자의 전갈을 가져왔단 말입니다."

내가 하도 당차게 외쳐대자, 종들이 주춤했다.

내가 하는 꼴을 내려다보던 판서 대감이 말했다.

"재미있는 일이구나. 그래, 무슨 말인지 한번 들어나

보자."

판서 대감을 슬쩍 올려다보았다. 완전히 할아버지였다. 내 할아버지가 살아계셨다면 저렇게 생겼을까. 대감의 검버섯 핀 얼굴은 너그러워 보였다. 성격이 못돼 뵈지는 않았다. 기골이 튼튼해 뵈는 게 한 이십 년은 더 살 것 같았다.

또박또박 말했다.

"유 낭자가 이러저러한 말씀을 대감님께 전하라 하였습니다."

"참 별일이다. 첩 얻으러 갔다가 첩의 말을 전하러 온 여종을 만났다는 얘기는 들어본 적도 없거늘. 그래, 한번 전해보거라."

"지금부터 제가 하는 말은 모두 유 낭자의 말이옵니다. 그럼……."

심호흡을 하고 말을 이었다.

"늙고 귀하신 몸, 먼 길에 시달리셔 혹시 피로가 없으신지요? 저희 집이 한미하나 그래도 양반 가문입니다. 한번 재상에게 첩으로 가면 영원히 소실의 이름을 벗지 못합니다. 자손을 본다 해도 떨칠 가망이 없습니다. 이 어리석은 여자의 딱한 사정을 살펴 고쳐 생각해주소서. 예를 갖추어 정실의 이름을 빌려주시면 우리 가문의 영광으로 감격하겠사옵니다."

대감은 허허 웃었다. 대감의 하정배들도 다투어 웃었다.

대감은 생각할 것도 없다는 듯이 말했다.

"매우 좋은 소견이니 어찌 들어주지 않으리오."

당황했다. 대감이 노발대발하고 그대로 가버릴 줄 알았다. 매우 좋은 소견이라니? 통이 큰 늙은이가 아니라면 장난말로 알아들은 것이다.

"첩실로는 살고 싶은 마음이 없단 말입니다. 부디 가없은 처녀의 목숨을 생각하시어 정실의 이름을 빌려주소서."

대감은 호탕하게 대꾸했다.

"사내대장부가 어찌 한 입으로 두말하겠느냐. 유 낭자에게 전하라. 제대로 혼인을 치르겠노라고."

"말씀만으로는 부족합니다. 정실로 얻겠다는 혼서를 보내주셔요. 혼서 없이 몸만 오시면, 저는 우물에 몸을 던질 것입니다."

대감의 수행자들은 황당하여 매섭게 노려보는데, 판서 대감은 박장대소했다.

집에 돌아와, 신방으로 들어갔다. 죽을상으로 있던 언년이가 좋아서 폴짝폴짝 뛰었다.

"아이구, 양반네는 이리 어렵게 시집을 갑니까. 저희 것들은 정화수 한 사발 떠놓고 절 한 번 하면 끝인데. 이놈의 족두리 또 한 번 썼다가는 대가리 터지겠네."

우리는 다시 옷을 바꿔 입었다.

대감은 진심이 아닐 테다. 첩으로 얻으려고 했던 처녀를 갑자기 정실로 얻는다는 게 말이 되는가. 대감은 뒤미처 화가 날 테고 돌아가 버릴 테다.

대감으로부터 정식 혼서가 왔다. 아버지가 혼서를 들고 신방에 들어와 기막혀했다.

"세상에 이런 일이 다 있느냐? 대감의 행차가 늦어져 무슨 일인가 크게 걱정했는데, 글쎄 이런 게 왔구나. 너를 정실로 얻겠다는구나. 믿을 수가 없다. 이게 정말이면 이 어찌 광영이 아니냐! 참으로 경사로구나 경사."

긴가민가하는 사이에, 대감의 행차가 우리 집에 들어서는 소리가 들렸다. 가슴이 쿵쾅쿵쾅 뛰었다. 이제 돌이킬 수 없게 되었구나. 열일곱 나이에 회갑 노인네의 아내가 되어야만 하다니. 딴은 혼인을 안 할 작정으로 부렸던 꾀다. 그 꾀 덕분에 첩이 아니라 정실로 혼인하게 되었다지만, 구슬펐다.

대감은 사모관대를 갖추었다. 마당에는 예정에 없던 혼례상이 차려졌다. 대감과 나는 정식 혼례를 치렀다.

밤이 되었고, 대감과 신방에 마주 앉았다. 술잔을 나눴다.

대감이 보듬어주듯 말했다.

"낮에 큰길에서 네가 유 낭자 본인인 줄 알아보았다. 네 당돌함이 어이가 없는 한편 그 용기가 가상하여 네 뜻대로 해준 것이다. 네가 참 재미난 아이로구나."

"대감, 감사하옵니다. 지극으로 모시겠습니다."

정식 혼례까지 치른 이상, 이 남자는 검버섯 핀 늙은이라 할지라도 내 지아비였다.

대감과 나는 하룻밤을 보냈다.

대감은 아주 불쾌한 얼굴로 아침밥을 뜨는 둥 마는 둥 하더니 버럭 성을 냈다.

"다시 생각해보니, 네가 참 발칙한 계집이구나. 어리고 천한 계집한테 희롱당했어."

늙은이가 원래, 기분 좋다가도 갑자기 기분이 나빠지는 식으로 변덕이 죽 끓는 듯하다지만, 참 어이가 없었다. 일어나자마자 정화수 떠놓고 "대감마님의 현모양처로 살겠습니다" 빌었던 나는 무르춤해졌다.

"너 같은 거 하고 있고 싶지 않다."

속으로 따졌다. 왜 자꾸 '너'라고 하십니까. 저는 첩이 아닙니다. 정실입니다. 부인이라고 하셔야지요. 그리고 뭐가 마음에 안 들어 애같이 투정질입니까? 저같이 어리고 예쁜 아내를 얻었으면 나오는 게 웃음뿐이어야 할 텐데. 이해가 안 가는 성질입니다.

신랑은 신붓집에서 며칠 머물며 신혼을 즐기는 것이 예법이었다. 대감은 데려온 하정배들을 불러 모으더니 그대로 떠났다. 나한테는 물론 내 부모에게도 작별 인사 한마디 없이 그냥 가버렸다. 나를 데려가지 않았다. 언제 데리러 오겠다는 말도 남기지 않았다.

떠나간 대감은 편지 한 장 보내지 않았다. 나를 데리러 오기는커녕 소식 한 자락 없었다.

소박맞은 것이다.

내가 여종으로 꾸미고 대감께 정실 자리를 요구한 얘기는 온 고을에 소문이 나버렸다. 언년이 말에 따르면 상것들은 이렇게 떠든다는 것이었다.

"그년이 소박맞을 짓거리를 했구먼."

아버지는 화증이 솟구칠 때마다 나무랐다.

"주제넘게 정실 자리를 탐하다가 소실도 못 되고 소박데기가 되었구나. 꼴도 보기 싫다."

대감과 혼례를 치른 지 일 년이 지났다. 이대로 소박데기로 살 수는 없다. 집에서는 구박받고 밖에서는 온갖 놈의 손가락질받으며 살 수는 없다. 내 인생은 내가 되찾겠다. 모든 것을 걸고 떠나기로 했다.

어버이께 부탁했다.

"신행을 차려주십시오."

"신행이라니?"

"저는 대감의 아내입니다. 대감이 데리러 오지 않으니 제가 가겠습니다."

"네가 제정신이냐? 대감은 그저 농으로 혼서를 보내고 정식 혼인을 치른 것뿐이다. 진심으로 너를 정실로 맞았던 게 아니다. 너는 그저 대감의 하룻밤 노리개였을 뿐이다. 네가 자초한 일이니 누구를 원망할까!"

"어찌 되었든 저는 대감과 정식으로 혼인하였습니

다. 누가 뭐래도 저는 대감의 정실부인입니다."

"어허, 대감이 너를 소박해버렸는데 네가 어떻게 얼굴을 들고 찾아간단 말이냐?"

"저는 이미 윤씨 집안사람이 돼버렸습니다. 친정에서 소박데기로 천대받느니, 시집에 가서 죽을 것입니다. 신행을 차려주지 않으시면 거지꼴로라도 기어이 가겠습니다."

자식 이기는 부모 없었다. 어버이에게 다행한 일이 있다면, 딸을 첩실로 주는 대가로 미리 받은 논마지기와 돈꿰미를 대감이 되찾아가지 않았다는 것이다. 대감이 그 정도로 야박한 늙은이는 아니었다. 어버이는 대감에게 받았던 돈꿰미를 다 써서 보란 듯한 행차를 차려주었다.

언년이한테 부탁해 동네 종 몇을 불러 모았다.

"언년이 동무들아, 나를 좀 도와줘야겠다. 내가 대감의 정실부인이 된다면 너희에게 크게 보답하겠다. 생각해봐라, 내가 대감에게 소박맞은 것은 크게 생각하면 우리 고을의 수치가 아니냐? 너희들이 종놈이라지만 종놈도 체면이라는 게 있잖으냐. 대감한테 소박맞은 여자가 사는 동네의 종놈이고 싶으냐? 대감의 정실

부인이 태어난 동네의 종놈이고 싶으냐? 다 그만두고 우리가 어렸을 때는 종놈 양반 따질 것 없이 동무 사이였잖느냐? 동무를 좀 도와다오."

종들은 기꺼이 돕겠다고 했다. 주인 양반네들도 종을 선선히 빌려주기로 했다.

언년이와 동네 종 열두엇을 데리고 한양으로 떠났다. 바라는 바를 이루지 못해도 귀향하지 않을 테다. 한양에 있다는 깊은 강물에 빠져 죽을지언정 말이다.

우리는 대감의 으리으리한 집 앞에 닿았다. 사내종들이 시끄럽게 뛰어놀았다. 대감 집에서 노비들이 나와 무슨 행차냐고 물었다. 함께온 종 중에서 목소리가 가장 큰 대발이가 외쳤다.

"대감 부인의 신행 행차시다. 어서 맞아들이지 않고 무엇 하는 게냐!"

대감 집 안에서 무슨 의논이 있었는지 모르지만, 대문을 열어주지 않았다.

"안 되겠다, 밀고 들어가자."

종들은 대문을 부숴버렸다. 대감 집 노비들이 뭐 하나씩 들고 막아보려고 했지만, 동네 종들의 손찌검과

발차기에 다 나자빠졌다. 싸움이 더 커지기 전에, 꽃가마에서 내려 소리쳤다.

"그만 소란 떨거라. 대감께서 맞아주실 때까지 기다리겠다."

그리고 행랑채를 가리켰다. 언년이와 종들이 알아듣고 행랑채로 몰려갔다. 행랑채 중에서 가장 큰 방을 깨끗이 청소했다. 그 방에 들어가 앉았다.

"대감께는 두 아들이 있다. 하나는 승지고 하나는 교리다. 그들을 너희들이 내 앞에 끌고 와야 한다."

"승지는 뭐고 교리는 뭐래요?"

"임금님을 가까이서 모시는 높은 벼슬아치다."

"아이구야, 우리가 어떻게 그런 높은 분을 끌고 와요?"

"겁먹지 마라."

"겁이 어떻게 안 나요."

"이미 우리는 일을 저질렀다. 판서 대감 집에 난입해서 노복들을 패댔단 말이야. 내가 정실부인으로 인정받지 못하면 너희나 나나 죽는 수밖에 없다. 알겠느냐? 목숨 걸고 해라."

종들에게 하는 말은 나 자신에게 하는 말이었다. 목

숨 걸고 해라! 목숨을 걸어야만 이룰 수 있다.

대감은 사랑채에 있는 게 틀림없다. 내가 온 것을 아는데 아무 소식이 없다. 체면 때문에 어쩌지 못하고 아들들을 기다리는 것이겠지.

밖이 떠들썩했다. 동네 종들과 이 집 노복들이 치고받는 소리겠지.

문을 열어보았다. 종들이 내 아버지뻘쯤 되는 두 양반 나리를 잡아 끌어오고 있었다. 두 양반은 얼떨결에 당하는 일이라 얼이 빠져 있었다. 종들은 두 양반을 마당에 무릎 꿇리고 관을 벗겼다.

기선 제압을 해야 한다. 화살처럼 날카로운 목소리로 엄숙히 꾸짖었다.

"내 비록 지벌은 너희보다 못하다. 그러나 이미 네 아버지가 나를 육례로 아내를 삼았으니, 너희에게 나는 어미다. 어미가 백 리도 못 되는 땅에 있으나 너희는 한 해가 되도록 한 번도 와보지 않았다. 너희 아버지의 천대는 놓아두고라도 너희의 인사는 윤리 도덕에 크게 어긋나는 것이니 진실로 해괴하다. 또 내가 이미 여기 와 앉아 있으니 너희는 마땅히 내게 와서 봬야 할 것이거늘 어찌 무시하였느냐? 너희가 그러고도 도리를 아는 사람이라 할 수 있겠느냐?"

승지가 고개를 숙이는 척하며 떨떠름히 말했다.

"너무 급작스러운 일이라……."

교리는 고개를 숙이지 않았지만, 너그러이 말했다.

"어리신 분이 말 한번 되게 잘하십니다."

나는 또 말했다.

"홧김에 너희에게 매를 치고 싶었다. 하나 너희가 대왕의 신하이니 그럴 것까지야 있겠느냐. 특별히 용서하는 터이니 방 안으로 들어들 오너라."

두 형제는 '이것 참 황당하면서도 흥미롭구나' 하는 표정으로 행랑채 안에 들어왔다. 두 형제는 나를 새어머니 대접하여 절이라도 해야 하나, 아니면 무슨 해괴한 짓거리냐고 혼꾸멍내야 하나 망설이는 듯하다가 그대로 양반다리를 하고 앉았다.

앉은 자세로 절하는 시늉을 했다. 두 양반도 엉거주춤 맞절하는 시늉을 했다.

"놀라셨지요? 어린 여자가 갑작스레 찾아와서 이리 호령을 해대니 황망하실 터입니다. 하오나 어찌 되었든 제가 새어머니가 되지 않았습니까? 새어머니 대접까지 바라지는 않습니다만, 서로 낯을 붉히는 일 없이 살았으면 좋겠습니다."

두 양반은 너털웃음을 터트렸다.

"대감께서는 강녕하신지요? 진지는 잘 드시고 밤잠을 편히 주무시는지요? 저는 밤낮으로 대감의 건강만 생각하며 지냈습니다. 연로하신 제 지아비의 안녕을 매 순간 비손하며 살았습니다. 멀리서 비손이나 하는 것이 대감께 무슨 보탬이 되겠습니까. 대감 곁에서 뫼시고 하나부터 열까지 보살펴드리는 것이 아내의 도리 아니겠습니까. 하여 대감이 부르지 않았으나, 아내 된 여인으로서 부득불 올라온 것입니다. 저는 이제 대감만을 위해 살 것입니다. 저는 다른 아무런 욕심이 없습니다. 두 아드님께서 제가 대감을 곁에서 모실 수 있도록 도와주세요."

"어허, 아버님께서 새어머니를 잘 얻으신 듯합니다."

"아버님이 임자를 만났습니다, 그려. 어머니, 절받으시오."

교리가 내게 큰절을 올리자, 승지도 헛기침하고는 내게 큰절을 올렸다. 나는 맞절했다.

나중에 들으니 내가 불쑥 들이닥쳐 소란을 피우고, 두 형제까지 붙잡아다가 훈계한다는 얘기를 듣고, 대감은 탄식했다고 한다.

"촌 계집이 함부로 장한 척하여 이렇듯 트집을 잡고 야단을 치니 집안 망신이로다. 괘씸한 계집!"

승지 교리 형제가 사랑채로 대감을 뵈러 갔다. 형제가 대감께 어떻게 나에 대해 말해줄까? 대감의 노복들은 내 모든 것을 다 지켜보았다. 그 노복들이 대감께 어떻게 말을 전해줄까? 그 말들을 듣고 대감은 어떤 판단을 내릴까? 나를 내치라 할 것인가? 받아들일 것인가? 받아들인다면 어느 정도 대접을 해줄 것인가? 첩실로 받아들이겠다면 거부하겠다. 내가 원하는 것은 딱 한 가지 아내로 맞아주는 것이다. 어찌 되었든 우리는 혼인했다. 첫날밤을 함께 지냈다. 대감은 내 남편이다. 나는 대감의 아내다.

언년이와 동네 종들이 두려움에 떨었다. 바깥에서 저희끼리 하는 소리를 들어보니, 잘되면 잔칫상에 노자가 큰 돈꿰미겠지만, 못되면 멍석말이당할 것이란다.

이윽고 승지 교리 형제가 다시 왔다.

"안으로 드시지요."

안채로 들어섰다. 대감 집안의 남녀노소 노복 백여 명이 일제히 내게 절했다. 대감의 며느리와 딸과 첩도 마지못해 내게 큰절했다. 저들과 힘든 싸움을 벌여야 할 것이다. 지지 않을 테다.

안방으로 들어갔다. 깨끗이 치워져 있었다. 해내고야 말았다.

대감이 오고 있었다. 일 년 만에 보는 남편이었다. 나의 할아버지 남편은 아직 건강해 보였다. 어찌 되었든 사랑해야 할 남자였다.

나는 행복을 위해 싸울 것이다.

박문수의
변명

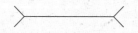

이 글의 원문은 『청구야담(靑邱野談)』에 「편향유박생등과(騙鄕儒朴生
登科)」(영성군이 시골 선비를 속여 과거에 오르다)로, 『이조한문단편집』
에는 「과장(科場)」으로 수록되어 있다.

『청구야담』은 19세기 중엽에 편찬된 것으로 추정되는 편자 미상의
야담집이다. 1843년경 금릉군수 김경진(金敬鎭)이 펴낸 것이라는 속
설이 있다. 『학산한언(鶴山閑言)』, 『기문총화』, 『선언편(選諺篇)』, 『후
재전서(厚齋全書)』 등 이전의 야담집을 기반으로 야담들을 집대성했
다. 흔히 『계서야담』 『동야휘집』과 함께 3대 야담집으로 불린다. 조
선 후기의 언어, 풍속, 관습 등을 연구하는 데 좋은 자료다.

과거 공부에 목숨을 거는 인간은 멍청하다. 매문매필(賣文賣筆)이 판을 치고 부정과 비리가 난무하는 과거판. 고액을 들여 매문매필하지 못하면, 문벌과 인맥으로 부정과 비리를 꾀할 수 없다면 급제는 불가능하다. 그걸 빤히 알고도 과거 공부에 전념한다면 바보다. 하나 우리는 양반이었다. 다른 선택이 존재하지 않았다. 과거 공부에 청춘을 걸어야 했다.

우리 형제는 향시를 앞두고 있었다. 나는 첫번째였지만, 형님은 네번째였다. 형님은 회시는 가보지도 못하고 향시에서만 세 번이나 낙방했다.

형님은 자포자기하고 있었다.

"내가 글을 잘 짓느냐, 글씨를 잘 쓰느냐? 둘 다 어중간하다. 과거를 아니 볼 수도 없고 보아봤자 낙방할 게 뻔하니 답답할 뿐이다."

자신만만하게 말했다.

"과장(과거 시험장)의 문필이 모두 우리 형제의 것입니다. 제게 좋은 꾀가 있으니 걱정하지 마세요."

형님이 근엄하게 노려보았다.

"무슨 생각을 하는 것이냐?"

"이왕 보는 과거, 합격하면 좋지 않겠습니까?"

"나쁜 생각을 하고 있구나. 무슨 생각인지 몰라도 버리거라. 어렸을 때부터 네 하는 짓이 별쫑맞았다. 네가 영리하다는 건 온 동네가 다 안다. 네게 그럴듯한 꾀가 있는 모양이다. 하나 그것은 분명히 권모술수겠지. 권모술수로 과거에 합격한다 한들 떳떳하겠느냐? 양심의 가책으로 괴로움만 클 것이다."

"과거야말로 권모술수 판입니다. 진짜 제대로 된 선비는 단 한 명도 시험에 합격할 수 없어요. 형님이 세 번이나 낙방한 게 실력이 모자라서였습니까? 형님은 정직하셨기 때문에 낙방한 것입니다."

"정직이 언젠가는 통할 것이다."

"아뇨, 더욱 홀대받을 것입니다."

"그래도 권모술수는 안 된다."

"저는 권모술수를 써서라도 과거에 급제할 것입니다. 관직에 나가서도 권모술수를 다 할 것입니다. 그래서 힘 있는 자가 될 것입니다. 왜냐고요? 권모술수로 백성을 착취하는 탐관오리들을 때려잡으려고요."

"돌아가신 아버님을 생각해라. 아버님은 청렴결백한 문장으로 일세를 풍미하셨다. 네가 감히 아버지의 명성에 누를 끼칠 작정이냐?"

"아버님은 청렴결백한 문장으로 일세를 풍미하셨으니 과거를 안 보고 벼슬을 못 하였어도 상관없었죠. 하나 문장이 안 되는 우리 형제는 어떻게 해야겠습니까? 어떻게든 벼슬을 하는 것이 아버님의 명성을 오래 지키는 일 아니겠습니까?"

형님은 한숨을 푹 내쉬고는 말문을 닫았다.

서울은 과거 열기로 후끈 달아올랐다. 한양, 경기도에 사는 양반 족속은 다 몰려든 듯했다. 열대여섯 청춘들부터 불혹 넘긴 늙은이들까지 바글바글했다.

다 같은 양반이 아니다. 양반이래도 생원, 진사는 돼야 행세한다. 향시에는 합격해야 생원, 진사 소리를 듣는다. 생원, 진사는 되어보고 죽는 것이 허릅숭이 양반들의 꿈이다. 그래서 저 늙다리 양반들까지 과거 보겠다고 올라온 것이다. 전국 팔도의 향시 합격자들만 치르는 회시 때보다, 한양과 경기도의 모든 양반이 응시할 수 있는 향시 때가 훨씬 붐비는 까닭이다.

회시의 부정과 비리는 차원이 높지만, 향시의 부정, 비리는 저열한 수준이었다. 향시 합격자가 백 명이라고 할 때, 약 오십 명은 고관대작의 자제가 맡아놓았다. 그들은 낙서를 제출해도 합격한다. 나머지 쉰 자리를 놓고 부정, 비리가 대놓고 판쳤다.

가장 흔한 방법이 돈을 주고 글쟁이 글을 받고 붓쟁이의 글씨를 받는 것이었다. 따라서 돈을 받고 글을 대신 지어주는 글쟁이와 돈을 받고 글씨를 대신 써주는 붓쟁이가 직업적으로 존재했다. 매문 글쟁이를 비유적으로 거벽(巨擘), 매필 붓쟁이를 서수(書手)라고 했다.

판에 박은 듯 엇비슷한 생각, 공식 같은 문장, 개성은 없지만 보기 좋은 글씨. 이런 모범 답안 같은 글만 합격할 수 있었다. 그래서 거벽과 서수가 돈을 벌었다.

거벽과 서수가 머무는 주막에는 긴 줄이 있었다. 흥정하러 온 선비들이었다. 그들을 만나는 데도 돈이 필요했다. 나는 어렸을 때부터 추리에 밝았다. 잃어버린 물건이나 도둑맞은 돈을 잘 찾아냈다. 나졸이 내게 도움을 요청한 적도 있다. 살인 사건을 해결한 적도 있다. 그때마다 수고비 조로 얼마씩 받은 돈을 여투었다.

백 냥을 내고 오래 줄을 섰다. 마침내 내 차례가 되었다.

"글을 잘 짓는다는 소문을 듣고 왔소."

"뭐, 그렇게 먹고삽니다."

"이번에 향시에 합격만 하게 해준다면 오백 냥을 더 드리겠소."

"허어, 어린 소년이시라 세상 물정을 모르시는군. 오백 냥이 돈인가. 천 냥 준다는 양반도 허다해."

"내가 어려서 세상 물정을 몰랐소. 나도 천 냥을 드리겠소이다. 다만 향시라도 합격하여 아버님 명성에 누가 되지 않으려고 이런 불쌍한 짓을 하는 것이오."

거벽은 나를 믿을 수가 있겠다 싶었는지 끄덕끄덕했다.

"좋아요, 거래를 합시다. 그러나 말은 믿을 수가 없

지요."

미리 써온 약정서를 내밀었다. 과거에 합격하면 천 냥을 주겠다는 내용에 서명한 것이었다. 그리고 똑같은 내용의 약정서 한 장을 내밀었다. 거벽의 서명을 받았다.

이후에도 거벽 한 사람과 서수 두 사람을 더 만났다. 그들에게도 천 냥을 약속하고 약정서를 받았다.

과거 전날이었다.

"형님, 제가 손을 써두었습니다. 어쩌시겠습니까?"

"무슨 소리냐?"

"형님이 원하신다면 합격할 수밖에 없도록 해두었단 말입니다."

형님은 성냈다.

"나는 싫다. 아버님처럼 문장은 못 되더라도 그 마음만은 따르련다."

"알겠습니다."

"내가 제대로 된 형이라면, 협잡하려는 아우의 종아리를 쳐야 할 것이다. 그래도 아우가 권모술수를 쓰겠다고 하면 발모가지를 부러뜨려야 할 것이다. 그런데 내가 왜 그냥 놔두는지 아느냐?"

"모르겠습니다."

형님은 자조했다.

"네 말이 맞기 때문이다. 지금 과거 판이 완전히 권모술수 판인데 내가 무슨 권리로 너를 꾸짖을 수 있겠느냐?"

"세상 사람들이 저를 교활하다 하겠죠. 하지만 관직에 나가 제대로 하면 말이 달라질 것입니다. 저는 악의 근원을 없애기 위해 악을 이용하는 것입니다."

"말이야 그럴듯하다만 교활한 것은 교활한 것이다."

형제는 향시 과장에 들어갔다. 족히 오천 명은 되는 듯했다. 과장 대문과 울타리를 지키는 나졸들이 백여 명이었다. 과장에도 나졸과 관리가 수백 명이었지만 그 많은 응시자를 제대로 관리한다는 것은 불가능했다.

드넓은 흙 마당에 좋은 자리가 있고 나쁜 자리가 있겠는가마는 조금이라도 좋은 자리를 차지하겠다는 다툼이 여기저기서 끝이 없었다. 삼삼오오 몰려다니다가 패싸움이 붙기도 했다. 서로 떠밀리다가 밟혀 거의 죽게 되는 이도 있었다. 누가 반죽음이 되어 쓰러져 있더라도 자는가 보다 하고 신경 쓰지 않았다. 나졸에게 발견되지 않는다면 죽을지도 몰랐다. 실제로 시험 때마다 사망자가 일고여덟은 꼭 나왔다.

장사치들도 어떻게든 울타리를 넘어 시험장에 들었다. 장사치들은 지필묵뿐만 아니라 엿이나 찹쌀떡 같은 주전부리를 팔았다. 술도 팔았다. 과장이 하도 넓다 보니 뒷동산까지 있었다. 거기로 끌고 가서 술을 먹이는 것이었다. 소매치기도 있었다.

나졸들은 본분을 잊었다. 정직한 응시자에게 갖은 까탈을 부려 돈을 뜯어내거나 장사치에게 뒷돈을 받고 장사를 팍팍 밀어주었다.

형님이 말했다.

"과거를 볼 때마다 생각하는 바다만, 이게 시험장이냐? 도떼기시장이지."

"도떼기시장에 열 배는 되죠. 차라리 아비규환이라고 해야 옳겠습니다. 과거 시험장이 개판이라는 말을 듣고 그래도 한 나라의 과거를 보는 시험장인데 그토록 엉망일까 여겼는데 직접 보니 개판 정도가 아니군요. 이건 완전히 시궁창입니다."

"그래, 시궁창이 맞구나."

"형님은 이 시궁창 속에서도 정직을 찾으시겠습니까? 형님 생각을 바꾸십시오. 일단 향시에 합격하고 보세요. 진짜 시험은 회시에서 치르세요. 회시 과장은 이정도 개판은 아니랍니다."

"또 그 소리냐? 네 녀석이 참 싫구나."

형님은 한 자리를 간신히 차지하고 앉았다. 나한테 단단히 삐쳤는지 옆에 앉으라는 말도 하지 않았다.

약속된 자리에서 거벽 두 사람과 서수 두 사람을 만났다. 두 사람씩 짝을 지어주었다. 시험지 두 장을 그들에게 내놓았다. 그들은 다음 예약자에게 가기로 예정되어 있을 것이었다. 한 사람당 최소한 열 명의 글을 매문하거나 매필할 테다. 최소한 열 명이래도 선금으로 받은 것만 도합 천 냥, 합격자 한 사람당 천 냥 추가. 돈 한번 끝장나게 버는군. 그러나 당신들, 오늘은 틀렸어.

네 사람에게 을렀다.

"당신들은 국법이 무섭지도 않소? 당신들은 이 과거 시험장에 들어올 자격도 없잖소? 생원, 진사이고 과거에 한 번씩 매문과 매필로 적발된 적도 있잖소?"

넷이 한마디씩 했다.

"간밤에 꿈이 수상하더라니 황당하구먼."

"어린놈아, 지금 무슨 수작이냐?"

"내가 바로 네가 만났던 그 서수다. 네가 돈 백 냥도 주고 약정서도 써주었잖느냐?"

"매문가 생활 십 년 만에 별 괴상한 놈을 다 만나는군."

씨익 웃어주었다.

"머리를 맞대고 최고의 글 두 편을 짓고 쓰시오. 허튼짓을 하면 나졸들을 부르겠소."

"우리가 나졸들은 매수 안 한 줄 알어? 관리들도 다 매수했어."

"한양에 모든 관리들을 다 매수하지는 못했을걸. 청렴해서 나쁜 놈들한테 욕을 바가지로 먹는 우포도청 포장 나리도 매수했소? 내가 그분과 잘 아는데. 어려운 사건을 좀 해결해준 적이 있어서."

"좋아, 네 거는 잘 써줄 테니까 걱정하지 마라고. 네 거 쓰면 우리를 보내주는 거야, 알았지?"

"천만에. 당신들은 나랑 같이 나가는 거야. 내 거 쓰고 다른 놈들 것까지 써주면 내가 합격한다는 보장이 없잖아. 경쟁률을 줄여야지."

"이 날강도 같은 놈!"

"똥개가 똥강아지 나무라는 격이겠지."

그들은 머리를 맞대고 속닥거렸지만, 도리가 없다는 결론을 내린 모양이었다. 우거지상으로 글짓기에 들어갔다. 거벽이 유장한 문장을 외는 대로 서수가 일필휘지로 썼다. 워낙 많이 해본 짓이라 그들 머릿속에 모범 답안이 있었고 그들 손에 모범 글씨가 배어 있었다.

나는 모범 답안 같은 문장을 못 짓고 못 썼지만, 볼 줄은 알았다. 그들이 후딱 써낸 두 장의 시험지를 보니, 글자 한 자도 고칠 것이 없이 모범적이었다. 글씨도 한 획 서운한 곳이 없었다.

이 정도 글이 안 뽑힌다면 말이 안 된다. 게다가 들리는 말로는 시험관도 매수해두어, 어느 매문가 어느 매필가의 글인지 글씨인지 한눈에 알아본다니 걱정할 게 없었다. 시험관이 놀라기는 할 것이다. 그 유명한 거벽 두 놈과 서수 두 놈이 이번엔 달랑 두 사람 것만 대작 대필하다니!

흡족한 미소를 지었다. 네 사람에게 일렀다. 나한테 받았던 돈 백 냥을 가지고 어느 주막으로 모이라고. 오지 않는 자는 포도청에 바로 신고할 것이라고. 내게 당신들의 약정서가 있음을 잊지 마라고.

거벽과 서수들이 왕왕댔다.

"네 이놈. 그까짓 백 냥까지 내놓으라는 거냐? 이건 너무하잖느냐?"

"어른을 등쳐먹어도 분수가 있는 법이다."

"너 때문에 우리는 돈 이삼천 냥을 허공에 날렸다. 백 냥까지 토해놓으라고. 네가 사람이냐?"

"천벌을 받을 놈."

야멸치게 말했다.

"나는 그렇게 생각하지 않소. 당신들 네 명을 시험장에서 쫓아낸 것을 아주 훌륭한 일이라고 믿소. 이 추악한 과장에서 똥파리 네 명 내쫓는 게 무슨 큰일이겠소만, 아주 조금은 깨끗해지지 않았겠소? 그리고 돈 백 냥 말인데, 합쳐서 사백 냥, 나한테는 전 재산이오. 꼭 돌려받아야겠소."

시험지 두 장을 들고 의기양양하게 형을 찾아갔다. 형에게 한 장을 내밀었다.

형이 읽어보고 말했다.

"참으로 모범적인 문장에 모범적인 글씨구나. 이것

을 어디서 얻었느냐?"

"과거 도적놈들에게서 강탈했소."

"훔쳤단 말이냐?"

"훔친 게 아니고 빼앗았습니다."

"옳지 못한 일이다."

형님은 시험지를 북북 찢어버렸다. 몇년 전에 돌아가신 아버님을 보는 듯했다. 내가 지은 글을 엉터리라며 북북 찢던 아버지.

남은 시험지 한 장에 내 이름을 적어 조금도 부끄러운 마음 없이 제출했다.

뭘 잘못했단 말인가. 만약에 과거 시험을 원리 원칙대로 공정하게 시행한다면 나도 정정당당하게 공부하고 정정당당하게 시험을 치렀을 테다. 불합격해도 내실력이 없음을 부끄러워했을 테다.

하나 시험 자체가 공정하지 않고 부정과 비리가 판을 치고 매문매필이 기승을 부린다. 진짜 실력 있는 자는 합격하지 못한다. 돈으로 협잡한 놈들이 합격한다. 진짜 선비들은 아무리 공부를 해도 멍청한 놈 소리나들으며 합격하지 못한다. 공부를 안 하고 못하더라도교활한 놈들이 결국에 합격한다.

교활한 놈들을 무찌르기 위해 교활한 놈들이 판치는 세상 속으로 들어가려는 것이다. 교활함을 무기로.

거벽과 서수를 만나 기어이 돈 사백 냥을 되찾았다. 우리 다섯 사람은 약정서를 함께 불태웠다.

네 사람은 한마디씩 했다.

"너 같은 어린애한테 당하다니 당하고도 믿기지 않는구나."

"부디 그 영리한 머리를 좋은 일에 쓰거라."

"너는 최고의 탐관오리가 될 것이다."

"제대로 된 암행어삿감인지도 모르지. 하는 짓이 꼭 암행어사 같잖았어?"

나는 무난히 합격했다.

정직으로 승부를 건 형님은 네번째로 낙방했다. 형님은 더는 과거를 보지 않겠다고 했다.

회시 때가 되어 팔도 향시의 합격자들이 한양으로 몰려왔다. 그중에 충청도의 한 선비가 책문(策問, 과거 시험의 한 종목. 산문으로 정치 시사 문제를 다루는 것)에 탁월하다는 소문을 들었다.

그를 찾아갔다. 내가 외는 재주는 있었다. 시골 선비

는 처음에 나를 깔보았다. 내가 장원급제 책문을 줄줄이 외워 보이자 그제야 맞상대를 해주었다. 책문은 수준이 맞는 사람끼리 함께 공부해야 큰 도움이 된다. 한 사람이 출제자처럼 어떤 정책의 공과와 대책을 물으면, 한 사람은 응시자처럼 장단점과 해결책을 제시하는 것이다. 일주일을 더불어 논술했다.

시골 선비가 충고했다.

"자네는 암기에 탁월하고 언변이 논리적이고 합리적이네. 하나 다분히 비판적이야. 비판적인 시각을 도무지 감추지 못하네. 자네 글씨는 치명적일 정도로 악필이야. 어떻게 향시를 통과했는지 의문일 정도네. 회시에서는 글씨를 안 보고 내용을 본다지만, 자네의 내용은 너무 불온해. 합격하고 싶다면 모범적인 글이 되어야 하네. 지금 권력자들이 좋아할 만한 온순한 내용."

"그게 안 됩니다. 제 야망을 감추고 비판을 숨기고, 착하고 올바르고 온순한 것처럼 보일 글을 지으려고 아무리 노력해도 안 됩니다."

"자네가 어려서 그런 거네. 좋은 말로 패기지. 젊은 사람이 패기를 감추는 것처럼 어려운 일은 없어."

"선비님은 착하고 올바르고 온순한 글을 잘 짓잖습니까? 급제 책문 모음책에서 본 것보다 더 훌륭해 뵈는 실력입니다. 왜 아직 합격하지 못했습니까?"

"알잖는가? 문벌도 지벌도 없기 때문이겠지. 시험관에게 뇌물 바칠 재산도 없고. 나한테 자네 정도의 문벌만 있었다면, 뇌물로 줄 천 냥만 있었다면, 이십 년 전에 합격했을 테지."

"없는 문벌과 돈이 갑자기 생길 리는 없고, 이번에도 낙방할 게 분명하지 않습니까? 그런데 왜 또 보는 겁니까?"

"믿어보는 것이네. 한 번쯤은 문벌과 뇌물 없이, 오로지 실력으로만 합격하는 사례가 있을 것이라고. 그게 내가 될 거라고."

시골 선비와 함께 과장에 들어갔다. 회시 과장은 비로소 시험장 같았다. 응시자가 천여 명밖에 없어서인지 관리가 제대로 되었다. 장사치와 잡배들은 입장이 불가했다. 거벽과 서수는 수두룩하겠지만 대놓고 매문매필하는 모습도 보이지 않았다. 속으로는 썩었지만, 겉으로는 그럭저럭 시험장 같았다.

시골 선비와 나란히 앉았다.

책문 과목의 시제는 우리가 토론하고 글을 지었던 문제 중의 하나였다. 시골 선비 글은 온순하고 모범적이어 시험관이 좋아할 터였다. 내 글은 사납고 거칠고 비판적이어 시험관이 싫어할 터였다. 예상 문제가 나온 것이나 다름없어 시골 선비는 거침없이 써나갔다. 나는 어찌할 바를 모르고 멍청히 있었다.

시골 선비는 이번에도 분명히 합격하지 못할 것이다. 그는 이번에도 뇌물을 쓰지 않았다. 그의 글이 아무리 탁월해보았자 책문 모음집에 있는 것과 같은 모범적인 글이다. 그 나물에 그 밥 같은 글이다. 그런 글의 당락을 결정하는 것은 문벌과 뇌물이다. 문벌 없는 그의 낙방은 확정적이다.

그런데 내가 저런 글을 썼다고 하자. 나는 뇌물을 쓰지 않았지만 문벌이 있다. 증조부가 이조판서였고 아버지가 벼슬은 없었지만 이름난 문장가였다. 내가 웬만한 글만 써도 나에게는 가능성이 있다. 훔쳐보니 시골 선비는 역시나 내 앞에서 논술했던 내용과 똑같이 쓰고 있었다.

시골 선비님. 당신 같은 분이 오로지 실력으로 평가받는 세상이 되어야 하지 않겠습니까. 약속하겠습니다. 저는 그런 세상을 만들기 위해 평생 노력하겠습니다. 권모술수를 써야 할지도 몰라요. 써야 한다면 쓰겠습니다. 백성을 위해 좋은 세상을 만들기 위해서라면, 문벌과 뇌물로 찌든 세상을 개혁하기 위해서라면 권모술수 쓸 것입니다. 부디, 용서하세요.

시골 선비의 논술을 내 시험지에 베껴 썼다. 제대로 된 시험관에게 걸리면 나와 시골 선비는 국법에 의거 곤장을 맞고 영원히 시험 자격을 박탈당할 것이었다. 그러나 제대로 된 시험관이 있을 리 없다. 시험관은 시골 선비의 시험지를 한 줄도 안 읽을 테다. 시험지에 문벌이 적혀 있지 않으므로. 뇌물을 바치지 않은 자의 시험지이므로.

내 것은 읽을 것이다. 전 이조판서의 증손자 글이므로. 청렴결백한 대문장가의 아들 시험지이므로.

시골 선비는 또 낙방했다.

시골 선비의 논술을 표절하여 제출한 나는 턱걸이로 급제했다. 부끄러웠다. 내 교활함에 치를 떨었다. 하지만 하늘을 우러러 맹세했다. 모든 방법을 동원해서, 나를 교활하게 만든 이 세상의 악과 싸우겠다고.

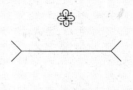

노래가
좋다

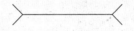

이 글의 원문은 『어우야담(於于野譚)』에 수록된 「명창 석개(石介)」다. 『어우야담』은 조선 광해군 때 어우당 유몽인(柳夢寅, 1559~1623)이 엮은 설화집이다. 인간 생활을 다룬 다종다양한 이야기가 수록되었는데, 풍자적인 설화와 기지에 찬 것들이다. 간결하면서도 명쾌한 문체로 임진왜란 전후의 생활상이 만화경(萬華鏡)같이 투영되어 있다. 조선 후기에 성행한 야담류의 효시로 평가된다.

석개는 종과 종이 낳은 계집아이로 천대받으며 자랐다.

못생긴 갓난쟁이라도 여남은 살쯤 되면 그럭저럭 볼만한 얼굴이 되는 법이라는데, 석개는 점점 보기 민망한 얼굴이 되어갔다. 사람들은 석개를 보면 웃거나 찌푸렸다. 웃음보가 절로 터질 만큼 괴상했고, 괴상하다 못해 불쾌했다.

누군가 석개를 보고 말했다.

"넌 늙은 원숭이 같구나! 쓸데없이 눈만 화등잔만 하구나."

그때부터 석개는 '원숭녀'라고 불렸다. 석개는 시장에서 원숭이를 본 적이 있다. 내가 저렇게 생겼단 말이야? 아이구, 끔찍해라. 주인 몰래 거울을 본 적도 있는데, 정말이지 시장에서 봤던 원숭이처럼 생겼다.

"아이구, 어머니 어찌 나 같은 걸 낳으셨소. 이 얼굴로 어찌 살아가란 말이오."

얼굴도 기억나지 않는 어미를 원망하며 통곡하고는 했다.

석개가 태어난 곳은 전라도 해남 땅끝마을이었다. 열세 살이 될 때까지 일곱 번도 넘게 주인이 바뀌었다. 강아지처럼 팔려 다녔다. 나주, 광주, 전주, 강경, 죽산, 수원을 거쳐 한양에 살게 되었다.

석개의 새 주인은 온 나라 사람이 알아주는 귀인이었다. 그간 모셨던 이름 없는 양반들과는 비교도 안 될만큼 위세 높았다. 여성위(礪城尉) 송인(宋寅). 임금님의 사위였다. 그러니까 안주인이 옹주 마마셨다.

옹주 마마 댁에는 종이 수백이었다. 여종은 차고 넘쳤다. 같은 여종이라도 등급이 있었다. 일급은 옹주 마마를 가까이에서 모셨고, 이급은 바깥주인 여성위를 받들었고, 삼급은 손님을 접대했고, 사급은 부엌살림을 맡았고, 오급은 의복을 담당했고, 육급은 허드렛일을 했다.

일급 이급 삼급은 미모가 빼어났다. 그녀들이 하는 일이라고는 곱게 차려입고 주인과 손님 앞에서 아양을 떨고 애교 부리는 것이었다. 사급은 음식 솜씨가 좋았고 오급은 바느질 솜씨가 좋았다. 나이가 들면 음식을 잘하게 되고 바느질도 잘하게 되는 것이 필연인지 사급 오급은 다 아줌마였다. 육급은 미모가 떨어지고 할 줄 아는 것도 없는 처녀들이었다. 석개는 당연히 육급이었다.

육급 중에서도 석개는 외톨이였다. 육급들은 비웃었다.

"석개, 넌 칠급이다. 알았어? 너 혼자 칠급 종년이야."

"어째서? 니들이랑 나랑 다른 게 뭐야?"

"달라도 한참 다르지. 우리는 내일이라는 게 있잖아. 우리가 지금은 비록 육급으로 천대받지만, 인생 모르는 거라고. 우리는 노력할수록 예뻐져. 꽃처럼 피어날 거야. 언젠가 주인마님 눈에 띄게 되겠지. 저렇게 예쁜 아이가 있었나? 깜짝 놀라시겠지. 그럼, 우린 바로 일급 이급 삼급 종이 되는 거야."

"나도 그렇게 될 수…… 없겠지."

"주제 파악을 했구나. 네 얼굴은 구제 불능이야."

"나중에 급수 높은 종이 돼서는 천대해도 좋으니 지금은 친하게 지내자."

"웃기셔. 너랑 가까이하다가 너처럼 못생겨지면 네가 책임질 거야?"

"나랑 가까이한다고 왜 못생겨져?"

"까마귀 노는 데 백로야 가지 마라는 소리도 못 들어 봤니?"

육급들은 석개가 그냥 싫은 것이었다. 저희끼리만 예뻐질 궁리를 하고 예뻐지기 위한 처방을 했다. 살결을 곱고 보드랍게 해준다는 풀잎을 찧어 발랐고, 오이 같은 것을 얇게 썰어 얼굴에 뒤집어썼고, 똑같은 치마저고리를 이렇게도 입어보고 저렇게도 입어보며 오두방정을 떨었고, 신령님 부처님 공자님 가리지 않고 "예뻐지게 해주세요!" 빌었다.

석개가 봐도 걔들에게는 희망이 있었다. 나잇살을 먹어 제 삶에 있어 가장 아름다운 때가 오면 지금 일급

이급 삼급으로 떵떵대는 여종들보다 예뻐질 가능성이 있었다. 지금 화려한 일급들은 늙을 테니까.

석개는 악담했다.

"흥, 니들이 아무리 예뻐져봤자 잠깐이야. 늙으면 다 똑같아. 너희도 늙으면 나처럼 원숭녀가 될 거야."

육급들은 석개를 멍석말이하듯 팼다.

"생긴 것만큼만 재수 없으면 말을 안 해. 툭하면 지가 무슨 서당 훈장님인 것처럼 가르치려고 하니까 더 미운 거지."

석개가 재수 없이 굴기는 했다. 그녀는 게으름을 몰랐다. 다른 처녀들의 게으름을 보면 참지 못하고 꾸짖었다. 다른 처녀들은 콧방귀를 뀌었다.

"얼굴로 안 되니까 고자질로 해보겠다는 거니?"

고자질한 적은 없었지만, 무조건 오해를 받았다.

석개는 외톨이를 면하고 싶어 곰살궂게 굴고 입조심했다. 소용없었다. 계속 따돌림당했다.

석개의 얇은 옷은 늘 축축했다. 새벽부터 해 떨어질 때까지 물동이를 이고 다녔고 빨래를 했다. 다른 여종은 사내종이 곧잘 도와주었다. 물동이를 대신 들어주었고, 빨래를 대신해주기도 했다. 석개만은 아무도 도와주지 않았다. 사내종이 근처에도 오지 않았다.

석개가 사내종 삽살이에게 물었다.

"너희도 나를 싫어하니?"

"사내들은 못생긴 여자가 싫거든. 이왕 작업을 걸려면 조금이라도 괜찮게 생긴 애한테 걸어야지."

"나는 혼인도 못 해보겠다, 그치?"

"그리고 넌 힘이 엄청 세게 생겼잖아. 안 도와줘도 혼자 충분히. 다른 애들은 봐라. 참 연약해서 그 무거운 물동이를 어떻게 이고 다니는지 몰라. 그 고운 팔뚝으로 빨래는 또 어찌하는지."

"나도 여자거든."

"너랑 가까이하면 여자애들이 싫어해. 자기들이 따돌린 애랑 친하게 지내면 개도 따돌린다고. 그래서 말인데 그만 가볼게. 너랑 나랑 얘기한 거 비밀이다. 부탁해."

삽살이는 누가 볼까 달아났다.

주인댁은 평소에도 붐볐다. 양반들이 무시로 드나들었고, 한두 달씩 머무는 식객도 수십이었다. 잔칫날에는 장이 선 듯했다.

석개는 잔치 마당을 구경해본 적이 없다. 가장 후미진 문간방에서 기거했고 우물과 빨래터만 오갔으니까. 잔칫날에는 육급도 불려가 동분서주 도왔는데, 석개만은 제외였다.

충청댁은 당부했다.

"너는 절대로 낯짝을 보여서는 안 된다. 네 얼굴 보면 음식 맛 술맛 다 떨어질 거니께."

그날도 충청댁은 여종들을 죄 데리고 잔치판에 갔다. 석개는 늘 그렇듯이 종일 물을 길었다. 물 한 동이를 오지항아리에 부어놓고 석개는 주저앉았다. 풍악 소리가 들려오는 저 멀리 별채를 부러운 듯 바라보았다.

잠깐 졸았다. 문득 어떤 소리가 석개를 깨웠다. 그 소리는 강렬했다. 우렁찼다. 맑았다. 가슴을 어루만졌다. 머릿속에 두껍게 낀 안개를 빨아들였다. 대신 울어주었다. 대신 웃어주었다. 대신 욕해주었다. 대신 고함쳤다. 석개가 하고 싶었던 모든 감정 표현을 그 소리가 대신해주었다. 석개의 가슴에 켜켜이 쌓였던 응어리가 잘게 부서져 흩어졌다. 석개는 새가 되었다. 펄펄 날아다녔다. 온갖 춤을 추었다. 행복했다.

삼살이는 놀랐다. 석개가 저만치 다가오는 게 아닌가. 저기 우물가에 있어야 할 애가 별채에 들어오다니. 저게 경을 치려고 환장을 했나. 삼살이는 석개의 팔목을 휘어잡고 꽃밭으로 숨었다. 석개는 몸부림쳤다. 삼살이는 석개의 어깨를 막 흔들었다.

"너 혼날 작정이니?"

소리가 그쳤다. 석개는 정신이 들었다. 주위를 둘러보았다.

"어? 여기에 내가 왜 있지?"

"빨리 돌아가. 누구한테 들키면 종아리 피 나도록 맞을걸."

"삼살아, 저기 잔치 마당에서 정말이지 신기한 소리가 들려왔어. 그 소리를 따라왔어. 그 소리가 지금 안 들리네?"

"소리?"

"아, 정말 놀라운 소리였어. 무슨 소리니? 너는 여기에 있었으니까 잘 알 거 아냐?"

"뭔 소리를 하는 거야?"

노랫소리가 들려왔다.

석개가 금방이라도 울 것 같은 목소리로 말했다.

"저 소리야, 저 소리!"

삽살이가 대수롭지 않게 대꾸했다.

"난 또 뭐라고. 그냥 노랫소리잖아."

"노랫소리라고?"

"양반하고 기생들이 좋아하는 노래 있잖아! 시조라든가 가사라든가. 우리 종놈들이 막 부르는 타령하고 좀 다르지."

"너무 훌륭해!"

"뭐가 훌륭해. 그저 개 짖는 소리 같은데. 저따위 것에 좋아들 할 수 있는지 난 이해가 안 가."

"저게 개 짖는 소리 같다고? 너 멍청이구나!"

"네가 멍텅구리지."

"삽살아, 나 도와줘. 나 여기서 꼼짝하지 않고 노래 들을게. 저 노래 다 들을래. 네가 망 좀 봐줘. 이 은혜 안 잊을게."

"충청댁 아줌마한테 걸리면 너만 맞냐? 나도 맞어!"

"조용히 해. 노래 좀 듣자."

석개는 꽃밭에 들어앉아 노래를 들었다. 석개는 몰랐지만, 명창으로 불리는 이가 죄 모인 잔치였다. 부마와 양반들이 큰돈을 내걸고 당대 최고 명창을 가리는 대회를 열었던 것이다. 명창들의 노래는 한 소녀의 영혼을 사로잡았다.

밤새 꿈을 꾸었다. 종일 들었던 노래가 끝없이 되풀이되었다. 그리고 말도 안 되는 일들이 펼쳐졌다. 삽살이와 덩실덩실 춤을 추었다. 옹주 마마와 그네를 탔다. 삼급 여종이 되어 잘생긴 양반과 투전 놀이를 했다. 가마를 탔다. 황금을 주웠다. 좋은 일만 일어났다. 그전까지 꿈속은 혼나거나 얻어맞기였다. 그런 안 좋은 일은 하나도 안 일어났다. 이 좋은 꿈을 계속 꾸고 싶었다.

아침이 밝았다. 석개는 물동이를 이고 우물가로 가고 있었다. 이상했다. 배 속에서 뭔가가 들끓었다. 머릿속에서도 뭔가가 꿈틀거렸다. 심지어 가슴속에도 뭔가가 펄떡댔다. 회충인가? 이인가? 그런 벌레 같지가 않았다. 석개는 답답해서 혼잣말했다.

"내가 귀신이 들린 건가!"

우물가에 닿았다. 물동이를 내려놓았다. 순간 배 속에서 들끓던 것이, 머릿속에서 꿈틀대던 것이, 가슴속에서 펄떡대던 것이 쏟아져 나왔다. 그것은 노래였다.

노래를 하자, 석개는 꿈속에 있는 것 같았다.

주인댁만 쓰는 우물이었다. 다른 여종들은 또 잔치판에 일하러 갔다. 아무도 석개에게 신경 쓰지 않았다. 해가 저물어서야 충청댁이 석개가 없는 것을 알아차렸다. 충청댁은 삽살이를 데리고 우물가로 달려갔다. 우물가에서 돼지 멱따는 소리가 들렸다. 삽살이가 불끈 성을 냈다.

"어떤 불상놈이 부마님 우물가에서 돼지를 잡냐? 뒈지려고 환장을 했군!"

돼지가 아니었다. 석개가 악을 쓰고 있었다. 석개는 노래하고 있었지만, 충청댁과 삽살이 귀에는 돼지 멱따는 소리로 들렸다. 종일 노래한 석개의 목은 쉬어 있었다. 그래도 멈추지 않았다. 한바탕 노래하고 물 한 바가지를 마신 뒤에 또 불렀다.

"요것이 지금 뭘 하는 게야!"

충청댁이 달려들어 석개를 때렸다.

그제야 석개는 정신이 들었다.

다음 날도 그랬다. 석개는 물을 길으러 갔는데, 노래를 시작했고 시간 가는 줄 몰랐다. 충청댁이 달려와 흠씬 때렸다. 맞을 때뿐이었다. 석개는 혼자가 되면 어김

없이 노래를 시작했고 누가 와서 때리기 전에는 멈추지 않았다.

충청댁이 혀를 내둘렀다.

"저것이 실성을 했구나!"

석개는 누구랑 같이 있으면 노래하지 않았다. 하지만 외톨이 신세라 혼자 있을 때가 숱했다. 그러면 할 일을 잊어버리고 노래했다. 가장 게으른 종이 되었다. 충청댁이 틈만 나면 혼내고 때렸으나 고쳐지지 않았다. 밥을 굶겨도 개의치 않았다. 텅 빈 배에서 그런 힘이 어디서 나는지 청승맞게 불러대었다.

석개에게 더는 물 긷기를 맡길 수 없었다.

"나물이나 캐 오너라. 더도 말고 한 광주리만 캐 와."

나물을 캐러 가서도 석개는 노래했다. 조약돌을 잔뜩 주웠다. 노래 한 곡을 부를 때마다 돌 한 개를 광주리에 넣었다. 광주리가 조약돌로 꽉 차면 반대로 했다. 노래 한 곡을 부르고는 돌 하나씩 꺼냈다. 광주리를 조약돌로 채웠다 비우기를 세 번 되풀이하면 날이 저물었다. 빈 광주리를 들고 집에 돌아왔고, 충청댁에게 회초리를 맞았다.

"네가 거시기하기로 작정한 것이냐? 너는 종년이다. 네가 기생년이라면 이해를 해. 종년이 물도 안 길어, 나물도 안 캐, 뭘 시켜도 안 해. 그러면 어쩌자는 거니? 너 같은 종년은 거시기해도 나라에서도 잘했다고 할 거다. 그래, 굶어 거시기하는 게 낫겠다. 너 같은 거 억지로 거시기하면 부마님과 옹주 마마님 명성에 먹칠이다. 그냥, 네가 굶어 거시기해라!"

전에는 하루 이틀 굶기다가도 불쌍하다고 찬밥을 던져 주었다. 이번엔 충청댁이 단단히 결심했다. 버릇을 고치고야 말겠다고.

석개는 배가 고프면 아무 나물이나 뽑아서 먹었다. 산열매를 따 먹었다. 허기가 가시면 다시 퍼질러 앉아 노래를 불렀다. 나물과 산열매만 먹고 사람이 살면 얼마나 살겠는가. 석개가 곧 굶주림을 못 이겨 노래를 그만둘 줄 알았다. 열흘이 가도 보름이 가도 한 달이 가도 석개는 쌩쌩했다. 노래도 힘 있게 잘만 했다.

비밀이 밝혀졌다. 삽살이가 몰래몰래 먹을 것을 챙겨 준 것이었다. 삽살이는 밤이면 석개를 불러내 밥을 먹여주었다. 자기 밥을 몰래 빼돌려 숨겨놓은 것이었다. 또 나무하러 갈 때면 바삐 한 짐을 해놓고 들짐승을 잡았다. 고것을 차가운 옹달샘에 저장해놓고는 조금씩 구워서 석개를 먹였다. 민물고기를 잡아 끓여주기도 했다.

석개는 주는 대로 잘 먹었다.

"나한테 왜 잘해주는 거야? 나는 못생겼는데."

"몰라. 나도 내가 왜 이러는지 몰라. 짜증 나."

삽살이는 정말 자기가 왜 그러는지 몰랐다.

"너 아녔으면 난 벌써 거시기했을 거야."

"석개야, 이젠 그만해. 노래 실컷 했잖아! 이제 정신 차리고 일하자."

"내가 일 안 하려는 게 아니야. 오늘은 기필코 나물을 캐야지 다잡고 나오거든. 근데 나도 모르게 노래가 흘러나오는 거야. 멈출 수가 없어. 내 속에 노래귀신이 사나 봐."

"잘이나 부르면. 야, 너 완전 돼지 멱따는 소리로 소문났어. 온 동네 사람들이 다 알아. 세상에 너처럼 노래 못하는 여자는 처음 봤대. 넌 진짜 네가 부르는 게 노래라고 생각해?"

"노래야. 누가 뭐래도 노래야."

삽살이는 석개를 도운 대가로 멍석말이를 당했다.

삽살이가 먹을 것을 구해주지 않자, 석개는 삐삐 말라갔다. 그래도 날이 저물면 집에는 꼭 돌아왔는데, 그날은 돌아오지 않았다. 가서 찾아보니 조약돌 가득 담긴 광주리를 껴안고 쓰러져 있었다. 죽은 줄 알았는데 숨은 붙어 있었다.

충청댁이 탄식했다.

"너를 거시기하려던 게 아니다. 버릇을 고치려 했던 게야. 정말로 거시기할 작정인 게냐? 그렇게도 노래가 좋아?"

충청댁은 지극정성으로 보살펴 석개를 살려놓았다.

부마도 석개 일을 알게 되었다. 석개를 불러오게 했다. 부마는 마당에 꿇어앉은 소녀를 보고 인상을 찌푸렸다. 그렇지 않아도 못생긴 아이가 삐삐 마른 것이 해골처럼 기괴했다.

"네가 노래귀신이 붙었다는 그 계집이냐?"

"그렇사옵니다."

"너도 네 몸에 노래귀신이 붙은 걸 안단 말이냐?"

"제 머리에 제 가슴에 노래귀신이 삽니다. 제 입에서 노래가 자꾸만 흘러나옵니다. 저는 노래를 막을 수가 없습니다."

"한번 불러보거라. 네 솜씨를 자랑해보거라."

부마의 식객 중에는 예능 재주꾼이 숱했다. 마침 식객 중에 당대 최고 명창 소리를 듣는 노인이 있었다. 석개는 몰랐지만, 그 명창이 부마 곁에 서 있었다.

석개는 어쩔 줄 모르며 부마를 쳐다보았다.

"멍석을 깔아주니 못 부르겠다는 것이냐?"

"아닙니다. 부르겠습니다."

석개는 일어섰다. 저만치에서 삽살이가 두 주먹을 불끈 쥐었다. 삽살이가 속으로 외쳤다. '잘해라! 잘해라!'

이윽고 석개가 가사 한 자락을 노래했다.

종들 귀에는 늘 들어왔던 대로 돼지 멱따는 소리였다. 나보다 한참 못 부르네. 저게 무슨 노래. 개 짖는 소리도 저것보다는 낫겠다. 소리를 내지는 않았지만 막 웃었다. 시끄러워 귀를 틀어막았다. 석개를 진심으로 응원하는 삽살이의 귀에도 역시나 짜증 나는 소리였다.

처음부터 끝까지 진지하게 보고 들은 사람은 둘뿐이었다. 부마와 명창.

어디선가 깔깔대는 소리가 들렸다. 옹주가 배를 끌어안고 웃었다.

옹주님이 웃는다! 우리도 웃자. 종들은 참았던 웃음보를 터트렸다. 마당은 한바탕 웃음소리로 흐드러졌다.

웃거나 말거나 석개는 다음 곡을 불렀다. 며칠 못 부른 노래가 쏟아져 나왔다.

옹주가 웃음을 그치고 소리쳤다.

"귀 버리겠다. 그만두지 못하겠느냐! 좋은 소리도 몇 번 들으면 질리는데, 저런 도깨비 같은 소리를 계속하다니."

석개는 화들짝 놀라더니 뒤로 쓰러졌다.

옹주가 부마에게 말했다.

"시끄러워서 혼났습니다. 살다 살다 저런 듣기 싫은 소리는 처음 들어봅니다."

부마가 명창에게 말했다.

"나 역시 옹주와 같은 생각인데, 명창 생각은 어떠시오? 혹시 우리 귀가 잘못된 것이오?"

명창이 웃었다.

"아닙니다, 제 귀에도 몹쓸 소리로 들립니다."

"그럼, 그렇지! 명창께서 심각하게 듣기에, 저것이 대단한 노래를 했는데 우리 귀가 어두워 잘못 들었나 걱정했소. 명창께서는 저런 그릇 깨지는 소리를 들을 때도 그리 진지한 얼굴이신 거요?"

"그러나 저 아이에겐 무한한 재능이 있습니다."

재능이 있다는 명창의 말 한마디에 석개는 눈이 부셨다.

부마는 어리둥절했다.

"재능이 있다고요? 나도 노래라면 평생을 들어온 사람이오. 내 귀에는 도무지 재능의 그림자 같은 것도 안 들리오."

"실은 제가 저 아이를 죽 지켜보았습니다. 우연히 저 아이가 노래하는 걸 듣게 되었지요. 사람으로 저런 끔찍한 노래를 부르기도 힘든데, 그것을 쉬지 않고 하는 것이 참 기이했습니다. 저 아이는 노래할 때 모든 것을 다 바쳐 노래합니다. 그것이 듣는 이 귀에는 개 짖는 소리, 그릇 깨지는 소리, 돼지 먹따는 소리로 들릴지언정, 부르는 저 아이는 제 혼을 다 바쳐 노래한 것입니다. 저 아이는 석 달 동안 저렇게 노래했습니다. 오늘도 혼을 다 바쳐 노래하다가 혼절했고요. 그게 저 아이의 재능입니다.”

석개는 멀리서 지켜보던 노인을 떠올렸다.

부마가 석개도 궁금한 것을 물어봐 주었다.

“혼절하는 게 재능이라고요?”

“혼을 다 바쳐 노래하기를 석 달이나 계속해온 끈기
와 노력이 재능입니다.”

“끈기와 노력이 재능이다? 하면 저런 형편없는 소리
도 계속 노력하면 좋아질 수 있단 말입니까?”

“소인도 명창 소리를 듣기 전에 목구멍 피를 아홉 번
이나 쏟았습니다. 저 아이는 피를 다섯 번만 쏟으면 명
창이 될 것입니다. 그리고 저 아이는 그때까지 줄기차
게 노래할 것이고 명창이 돼서도 더 좋은 노래를 부르
기 위해서 피를 몇 번이고 더 쏟을 아이입니다. 노력을
타고난 아이죠. 노력보다 더한 재능이 어디 있겠습니
까?”

부마와 옹주는 뭔가 깨달은 표정이 되었다.

부마가 문득 물었다.

“명창께서 저 아이의 스승이 되어줄 수 있겠소?”

석개는 가슴이 벅차올랐다.

명창이 흔쾌히 대답했다.

"간절히 원하는 바입니다. 저런 아이의 스승이 될 수 있다면 더 무슨 소원이 있겠습니까?"

"가르칠 수 있겠소?"

"저런 아이는 가르칠 수 없습니다. 스스로 터득하도록 도와줄 뿐입니다."

부마와 옹주는 석개와 삽살이를 명창에게 보냈다. 세 사람은 산속으로 들어갔다.

5년 뒤에, 석개는 한양으로 돌아와 제일가는 명창 소리를 들었다. 노래 좀 안다는 이들이 입을 모아 평했다.

과거 백 년 이래 일찍이 있어보지 못한 명창이다!

글은
재미있는 것

이 글의 원문은 『동상기찬(東廂記纂)』에는 「김안국(金安國)」으로, 『이조한문단편집』에는 「안동랑(安東郎)」으로 수록되어 있다.

『동상기찬』은 1918년, 백두용(白斗鏞, 1872~1935)이 한남서림에서 간행한 신활자본 책이다. 한문 희곡 「동상기(東廂記)」에 전대 문헌에서 발췌한 남녀 간의 만남과 결연을 다룬 야담 80편을 덧붙여 간행한 야담집이다. 80편의 야담은 거의 모두 '결혼'과 관련된 이야기이며, 다양한 여성 인물들이 등장한다.

증조부, 조부, 아버지는 소년 급제를 하고, 벼슬아치가 되어서도 승승장구하여 모두가 대제학에 이르렀다. 그래서 세상 사람들은 우리 집안을 대제학 집안이라고 부른다.

　　아버지는 나도 당연히 대제학 집안의 전통을 이을 것이라고 기대했다. 내가 네 살이 되자 아버지는 친히 천자문을 가르쳐주었다. 석 달이 지나도록 하늘 천, 땅 지 두 글자도 해득하지 못했다.

　　아버지는 의아해했다.

　　"아직 나이가 어려서 재주 구멍이 미처 열리지 않았

는가?"

내가 일곱 살이 되었을 때 아버지는 다시 내게 천자문을 가르쳤다. 역시 석 달 동안 하늘 천, 땅 지 두 글자도 해득하지 못했다.

아버지가 근심스러워했다.

"네 녀석이 끝내 이런다면 너 한 몸만의 불행이 아니다. 우리 집안의 수치다. 너 하나로 인하여 삼대를 쌓아온 대제학의 명성이 우습게 되어버렸잖느냐?"

아버지는 창피해서 훈장을 데려다 쓰지 못하고, 몸소 가르쳤다. 아버지는 갖가지 방법을 다 썼다. 종아리를 때리고, 무작정 베끼게 하고, 잠을 안 재우고. 하지만 나는 끝내 그놈의 '하늘 천, 땅 지' 두 글자를 깨치지 못했다.

열네 살이 되었다. 아버지는 탄식했다.

"아직도 이 지경이라니. 세상에 너 같은 물건도 다 있을까. 네 녀석만 보면 분통이 터지고 머릿골이 아파온다. 도저히 네 녀석을 집에 두고 볼 수가 없구나. 오늘부터 이 아비 눈에 띄지 마라."

아우는 벌써 천자문을 좔좔 외웠다. 아버지가 아우

에게 하는 말을 엿들었다.

"네가 우리 집 가통을 이어야 한다."

"형님이 계시잖습니까?"

"그 머저리 녀석은 네 형이 아니다. 멀리 쫓아버릴 것이다. 네가 우리 집안의 장자다."

분하고 서러웠다. 가문이 그토록 중요하단 말인가? 대대로 대제학이 된 집안에서 나 같은 돌대가리가 하나 있는 것이 그토록 부끄러운 일인가.

나도 아버지가 미웠다.

당숙이 경상도 안동(安東) 사또로 나가게 되었다. 아버지는 당숙에게 부탁했다.

"자네가 저 머저리를 데려가 주게. 안동 백성으로 만들어버리게. 아무도 우리 집안 자식 놈이라는 걸 알지 못하게 해달란 말일세."

"형님, 그게 무슨 말씀이십니까? 예부터 이제까지 문장세가(文章世家)에 글 못하는 자손이 한둘이었겠소? 그러나 아들을 내쫓았다는 말은 못 들었소."

"저 머저리는 글을 못하는 정도가 아니라, 하늘 천 땅 지도 모른다니까."

"제 눈에는 안국이가 보통내기가 아닙니다. 비범하

게 생겼고 눈빛이 예사롭지 않아요. 글을 못하더라도 뭔가 잘할 일이 있을 것입니다."

"문장세가 집안에서 글을 못하면 무얼 할 수 있단 말인가? 쓸모없는 자식은 일찌감치 치워버려야 돼."

당숙은 계속 거절했으나, 아버지는 막무가내였다. 심지어 이런 말까지 했다.

"자네가 저 녀석을 데려가지 않으면, 나는 세상에 더 살고 싶은 생각이 없네."

당숙은 마지못하여 승낙하고 말았다.

아버지가 내게 말했다.

"이제부터 너를 자식으로 여기지 않겠다. 너도 나를 아비로 생각하지 말아라. 다시 서울에 올라와서는 안 된다. 서울에 나타나면 가만두지 않겠다."

기가 막혀 아버지를 멍하니 바라보았다. 진짜 내 아버지가 맞기는 한 건가? 아버지 사라져드립지요. 잘 사십쇼. 아버지에게 큰절을 올렸다. 당숙보다 먼저 집을 나섰다.

당숙은 이해가 되지 않는 모양이었다.

"아무리 봐도 내 눈에는 네가 범상치 않은 재목이다.

네가 머리가 나쁘다는 것이 이해가 되지를 않아. 내가 너를 한번 가르쳐보마."

당숙은 공무 외 시간에 틈틈이 나를 불러 가르쳤다. 나도 기대가 컸다. 아버지한테 배울 때는 괜히 무섭고 주눅이 들어 배우지 못한 것이었을지도 몰라. 다정한 당숙에게 배우면 술술 배울 수 있을지도. 그러나 역시 석 달이 지나도록 '하늘 천, 땅 지' 두 글자를 깨치지 못하였다. 나란 놈에게 또 한 번 절망했다. 나는 정말 머저리구나.

당숙은 탄식했다.

"어허, 과연 네 머리가 그렇구나. 대제학 형님이 쫓아낼 만도 하다."

부끄러워 고개를 푹 숙이고 방바닥만 쳐다보았다.

당숙이 문득 물었다.

"안국아, 대체 네가 왜 이런 것이냐?"

주절댔다.

"제가 어릴 때부터 무슨 이야기를 들으면 정신이 맑아집니다. 밤낮으로 천 가지 만 가지 얘기를 들어도 죄다 또록또록 기억을 합니다. 그런데 문자를 마주해서는 어찌 된 영문인지 도무지 해독이 안 됩니다. '글'이란 소리만 들어도 금방 정신이 아득하여지고 두통이 일어납니다."

  하루는 당숙이 나를 불렀다.

  "너를 맡은 책임이 있으나 언제까지 끼고 살 수는 없잖으냐. 장가를 보내줄 테니 그 집에 데릴사위로 들어가서 살아보겠느냐?"

  "저야 뭐, 좋지요."

  괜히 좋아 발개졌다.

  당숙은 안동 좌수(座首) 이유신(李有臣)을 불렀다.

  "댁에 혼기 찬 딸이 있다면서요. 우리 집안에 신랑감이 있는데 보시렵니까?"

  "사또께서는 젊으신데 벌써 장가갈 자제가 있으셨나요?"

  "내 아들이 아니고, 대제학 대감의 큰아들이라오."

  "이해가 안 됩니다. 대제학 대감 집안이라면, 전국의 양반들이 누구나 다 우러러보는 집안입니다. 그런 분의 적자(嫡子)가 이런 시골에서 구혼할 리가 있겠습니까?"

  "서자(庶子)냐는 것이군요? 서자가 아닙니다. 적자

입니다."

"그럼 몸 디가……?"

"성치 않으 고요? 몸은 아주 좋습니다."

문밖에서 들 있던 나는 미소를 지었다. 이유신이라는 시골 양반이 식할 만도 했다.

당숙이 나를 불러들 다.

걸걸한 목소리로 인사

"어르신, 김안국이라고 하 다."

이유신은 나를 요모조모 살펴 다.

"참으로 한양 미소년입니다."

미심쩍은 표정으로 고치고는 덧 였다.

"그러나 속은 볼 수가 없으니… 대제학 대감께서 저렇게 기특한 자제를 두고 굳이 천 리 밖의 안동 땅에 구혼을 하시다니, 무슨 연고인지 궁금합니다."

당숙은 끝까지 숨기다가는 필경 성사가 안 될 것이라고 판단한 모양이었다. 내가 집에서 쫓겨나게 된 경위를 털어놓았다. 창피해서 얼굴이 화끈댔다.

시골 양반이 갸웃댔다.

"믿기 힘든 일입니다. 대제학 아드님이 하늘 천 땅지도 모른다니요."

시골 양반은 곰곰이 생각하는 눈치더니 말했다.

"안동 좌수의 딸이 대제학의 아들에게 시집가면 대만족이지 글까지 잘하기를 바라겠습니까?"

곧 택일하여 성례했다.

얼마 후 당숙은 벼슬을 그만두고 서울로 돌아갔다. 나중에 들은 바지만, 당숙은 아버지에게 나를 장가보낸 얘기를 했다. 아버지는 자기의 뜻대로 되었다며 기뻐했다.

"잘되었다. 잘되었어. 평생 안동에서 이름 모를 백성으로 살게 되었구나."

처가의 별당에 틀어박혔다. 마당 밖도 나가지 않았다. 종일 먹고 잤다. 시도 때도 없이 신부를 불러 놀려고 했다.

하루는 귀여운 신부가 조용히 물었다.

"대장부가 허구한 날 방구석에만 계시다니 답답하지도 않으셔요? 입신양명하여 부모를 영광스럽게 할 도리는 글보다 나은 것이 없습니다. 양반으로서 글 아니고 무엇을 할 수가 있겠어요?"

이맛살을 잔뜩 찌푸리고 대답했다.

"글이라는 소리만 들려도 두골이 빠개지니 이제부터 나의 귓가에서 제발 글에 대한 말은 말아주오."

신부가 한숨을 푹 내쉬었다.

안동 좌수 이유신도 제법 문명이 있었다. 경상도에서는 알아주는 문장이었고, 그의 두 아들도 다 문장이 넉넉했다. 양반이 만나면 문장 얘기밖에 없는데, 내가 할 얘기가 없는 사람이니, 장인 처남과 얼굴 보는 일도 드물었다.

"사랑에 나가서 글을 배워보셔요. 배우겠다고 하면 설마 안 가르쳐주시려고요."

성을 불끈 냈다.

"글 소리만 들어도 두통이 난다고 하지 않았소. 왜 그런 말을 또 하우? 글 얘기 꺼내면 난 상처받는다고!"

무명천으로 골머리를 싸매고는 드러누웠다.

그 뒤부터는 신부도 글 얘기를 꺼내지 않았다. 미안하고 고마웠다.

하루는 신부가 더욱 다정하게 다가왔다.

"사람이 돌부처도 나무 인형도 아닌데 진종일 입을 봉하고 가만히 계실 수 있어요?"

"말을 하자니 누굴 붙들고 해?"

"제가 옛날이야기나 해드릴까요?"

"그래주오."

신부는 중국과 한국의 역사를 이야기해주었다. 귀기울여 들었다. 매우 재미있었다.

신부가 얘기를 마치고 말했다.

"이런 한담설화도 따라 하지 않으면 곧 잊어버려요. 제가 한 얘기를 해보셔요."

신부가 해준 이야기 그대로 해주었다.

신부가 놀라서 물었다.

"한 번 듣고 다 외우신 거예요?"

"이야기 외우는 것은 잘한다니까."

신부는 뭔가 기특한 생각을 해냈는지 싱글벙글했다.

이후로 신부는 밤낮으로 이야기를 해주었다. 역사 이야기, 정치 이야기, 문학 이야기, 먹고사는 이야기……. 신부가 해준 이야기를 한 번만 듣고 외울 수가 있었다.

어느 날 문득 궁금했다.

"당신이 들려준 이야기는 당신이 지어낸 것이오?"

"그럴 리가요. 저도 보고 배워서 아는 것이지요."

"그런 이야기들이 어디에 있단 말이오?"

"책 속에 있지요. 제가 한 이야기들은 다 책에 문자로 적혀 있는 이야기예요."

펄쩍 놀라서 눈을 둥그렇게 떴다.

"그게 정말이오?"

"제가 왜 거짓말을 하겠어요? 책 속에 있는 게 다 이야기예요."

"정말 이야기란 말이오? 내가 보기엔 그저 괴상한 문자일 뿐인데."

"그 문자들 속에 이야기가 담겨 있다니까요."

"그럴 리가 없소. 문자가 이야기라면 이야기 좋아하는 내가 문자만 봐도 골치 아프겠소?"

"문자 한 자, 한 자는 재미없죠. 하지만 문자들이 뭉치거나 이어지면 재미난 이야기로 불어나요."

문득 뭔가를 깨달았다.

주먹을 불끈 쥐고 다짐했다.

"그렇다면 소위 문자라는 것을 배워보겠소."

신부가 『사략(史略)』 첫째 권을 펼치고 한 자 한 자 짚어갔다. 문자들이 모여서, 이전에 신부가 해주고 내가 듣고 외웠던 이야기가 된다는 것을 가르쳐주었다.

그리고 나더러 글자를 읽어보라고 했다. 더듬댔지만 그럭저럭 읽어나갈 수 있었다. 그런 식으로 첫째 권, 둘째 권을 배웠다. 셋째 권부터는 스스로 이해할 수 있었다.

괜히 시간이 아까웠다. 잠시도 소홀히 보낼 수 없었다. 낮에는 끼니도 잊고 밤에는 잠을 잊고 책만 읽었다.

신부는 문자를 쓰고 문장을 짓는 법도 가르쳐주었다. 이야기를 쓰고 짓는 것이라 여기니 집중되었다. 글쓰기에도 막힘이 없게 되었다. 글에, 아니 이야기에 푹 빠진 사이에 몇 년이 지나갔다.

신부가 타일렀다.

"이제부터라도 사귐을 가져야 합니다."

깨끗이 차려입고 사랑으로 나갔다. 장인은 딸이 글을 잘하는 줄 전혀 모르는 터수에 더구나 나를 가르쳐 훌륭한 문장가로 만든 것을 상상도 못 했다. 두 처남도 어리둥절해했다.

"오늘 밤이 웬 밤인고? 김 서방이 사랑에 나올 날이 다 있고."

"저도 글이나 지어볼까 나와봤습니다."

장인과 처남이 기가 막혀 모두 허허 웃었다.

"전에 못 듣던 말일세. 좌우간 뜻이 가상하니 시험 삼아 해본들 어떻겠나."

큰처남이 글제를 썼다. 글제를 보고 즉시 붓을 들어 한 편의 글을 지어놓았다. 장인이 매우 놀라 찬탄했다.

"평생 이토록 호방하고 웅장한 문체를 본 적이 없다. 네가 어떻게……."

내 문장은 나날이 늘어 영남 지방에서 유명해졌다.

그해에 왕자의 탄생을 경축하는 별시(別試)가 예정돼 있었다.

신부가 권했다.

"대장부로서 글을 못하면 모르거니와 당신의 문장이 이만큼 성취되셨으니 어찌 좋은 시절을 허송하고 아주 안동의 촌사람이 되고 말겠습니까? 시아버님이 이곳으로 내쫓으신 이유도 단지 글을 못했던 때문이었다면서요. 이참에 귀성하시지요."

"아버지께서는 내가 다시 서울에 올라오면 가만두지 않겠다는 막말씀을 하셨다오. 내 안위가 두려운 게 아니오. 아버지를, 자식을 징치한 아버지로 만들까 봐

두려운 것이오."

"당신이 먼저 과거에 급제한다면 아버님 뵐 면목이
생기지 않겠습니까? 아버님께서 기꺼이 용서해주실
수도 있지요."

"내가 과거에 급제할 수 있을까?"

"저는 당신을 믿어요."

신부의 말 한마디가 나를 겁 없게 만들었다.

과거 길을 떠났다. 말 한 필과 함께 천 리 먼 길을 터
덜터덜 올라갔다. 간신히 서울에 도착했다. 과거에 급
제하기 전에는 집에 가지 않을 작정이었다. 하나 나도
모르게 집 근처로 갔다. 멀리서 집 대문을 바라보는데,
낯익은 여자를 만났다. 나를 키워준 유모였다.

유모가 내 손을 붙잡고 글썽였다.

"도련님을 영영 못 볼 줄 알았어요. 오늘 이렇게 뵐
줄 꿈엔들 생각했겠어요. 대감님께서 서방님이 오신
줄 아시면 큰 풍파가 날 겁니다. 제 집으로 가지요."

유모 집으로 갔다. 유모네 골방에 누워 있는데, 한밤
중에 어머니가 왔다. 유모가 아버지 몰래 모셔온 것이
었다.

"네 생각하며 눈물을 짓지 않았던 날이 없었다. 너를

걱정하느라 나의 간장이 끊어졌더니라. 이제 너의 얼굴을 대하니 일변 슬프고 일변 기쁘구나."

6년 만에 만난 어머니. 흰머리가 반이 넘었고 얼굴에는 무수한 주름이 잡혀 있었다.

서로 눈물 섞인 이야기를 나누었다.

과거 날이 되었다.

유모 집을 나서니, 아우가 기다리고 있었다.

"오늘 아침에야 어머니한테 들었소."

"많이 컸구나."

"과거를 보러 왔다면서요? 하늘 천 땅 지도 못 쓰는 사람이 웬 과거요? 아무튼 같이 갑시다. 나도 과거를 보러 가는 길이오."

시험관이 심사를 끝내고 보니 장원은 김숙의 아들 김안국이었다. 시험관은 축하하려고 달려갔다.

"자네 아들이 장원급제일세."

아버지는 둘째 아들이 장원급제를 했다는 소리인 줄 알고 의아했다. 그 녀석 글재주를 내가 아는데 장원급제라니. 급제도 힘들 거라고 봤는데. 뭐 잘못된 거 아닌가.

시험관의 말을 듣고 아버지는 노발대발했다.

"안동으로 쫓아냈던 안국이라고? 그놈은 안동 구석에 엎드려 있는 것이 제 분수거늘 감히 아비의 명을 어기고 서울로 올라오다니. 하늘 천 땅 지도 못하는 놈이 어떻게 급제도 모자라 장원이란 말인가. 불법이 아니고는 불가능한 일이야. 내 이놈을! 안동 놈을 당장 잡아 오너라."

그렇게 해서 종들이 나를 잡으러 왔다.

"도련님 죄송합니다만 어쩔 수가 없습니다."

그리운 집에 들어갔다. 뜰아래 엎드렸다. 화가 잔뜩 난 아버지가 으르렁댔다.

"저 안동 놈을 되우 패라."

종들이 물푸레몽둥이를 들고 어쩔 줄 몰라 했다.

아버지의 시험관 친구가 말했다.

"지금 뭐 하려는 겐가? 장원급제를 한 나라의 인재를 자네 마음대로 때린단 말인가?"

"저놈이 나이 열네 살이 되도록 하늘 천, 땅 지 두 글자도 못 깨친 멍텅구리일세. 6년 사이에 어떻게 문장을 성취해 급제를 하겠나? 네 이놈, 어떤 불법을 저질렀는지 이실직고하여라. 저놈이 바른말을 할 때까지 매타

작을 멈추지 마라."

시험관이 마당으로 내려와 종들을 막아섰다. 종들은 때릴 수도 없고 안 때릴 수도 없고 갑갑한 판에 시험관이 방패가 돼주자 뒷전으로 냉큼 물러났다.

아버지는 시험관에게 화를 내었다.

"자네가 왜 나서는가? 저놈을 보기만 해도 두통이 난다고. 아이구 골치야."

아버지는 방으로 들어가더니 이불을 덮어쓰고 누웠다.

아버지가 이다지도 어처구니없게 나올 줄은 몰랐다. 용서까지는 바라지 않았지만, 터무니없는 의심과 박대에 울화통이 터지려고 했다. 그저 숨을 죽이고 꿇어 있었다.

시험관이 질문했다.

"이번에 자네가 장원급제를 한 글을 기억하겠는가?"

"종이를 주시면, 그대로 써보겠습니다. 그리고 안 보고 외워보겠습니다."

어머니가 기다렸다는 듯이 문방사우를 내다 주었다.

일필휘지했다. 시험관이 본 뒤에 그것을 어머니에게

주었다. 어머니는 종이를 들고 아버지에게 갔다.

내가 쓴 것을 줄줄 읊었다. 아버지의 두 귀에 쩌렁쩌렁 울리도록.

아버지가 방에서 나와 내 손을 붙잡았다.

"이게 꿈이냐 생시냐? 네가 이런 문장이 되어 오다니."

이게 다 평강공주 같은 아내가 있었기에 가능했다는 것을 말씀드렸다.

아버지는 손뼉을 치며 기뻐했다.

"얼른 가마를 준비하라. 가서 안동 며느리를 맞아 오너라."

시험관을 돌아보고 감사했다.

"어진 벗이 아니었다면 우리 문장 아들을 죽일 뻔하였네."

당숙이 이 소식을 듣고 헐레벌떡 달려왔다. 내가 쓴 글을 보고 입을 다물지 못했다.

"희대의 문장이 아닌가. 너를 대체 누가 이렇게 만들었느냐?"

아버지가 자랑스럽게 대신 대답했다.

"제 처가 가르쳤다는구나. 네가 맺어준 그 신부 말이

다."

　내 신부가 올라왔다. 아버지는 크게 잔치를 열었다. 일가친척과 고위 대신과 유명한 문장가들을 전부 초청하였다. 아버지는 대놓고 자랑했다.

　"내 큰자식이 사람이 된 것은 모두 며느리의 공입니다."

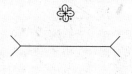

사랑은
공부다

이 글의 원문은 『계서야담(溪西野談)』에는 제목 없이, 『이조한문단편집』 1976년판에는 「소설(掃雪)」, 2018년판에는 「눈(雪)」으로 수록되어 있다.

『계서야담』은 계서 이희평(李羲平, 1772~1839)이 1833년경 편찬한 것으로 추정된다. 한국 고금의 여러 가지 재미있는 이야기들을 보고 들은 대로 기록한 책이다.

세창과 자란은 신분을 떠나 다정한 동무였다. 세창은 평안 감사의 외아들이었고, 자란은 기생의 딸이었다.

둘은 열한 살이 되었고, 자란은 자주 새침해졌다. 하루는 자란의 쌀쌀한 태도에 성질이 난 세창이 따졌다.

"요새 왜 그러니? 나랑 노는 게 싫니? 웃지도 않고 툭하면 강짜증이구나."

자란은 야멸치게 대꾸했다.

"정 떼려고 합니다."

조숙한 소녀의 말을 아직 미성숙한 소년은 알아듣지

못했다.

세창의 어리둥절한 얼굴을 보다 못해 자란이 설명했다.

"소녀는 기생입니다. 어머니가 기생이니 저도 기생입니다. 두어 살만 더 먹으면 나리님들 수청을 들게 되겠죠. 도련님은 그냥 양반도 아니고 특별한 양반이십니다. 아버님이 평안 감사이시고 곧 한양에 올라가 재상이 되실 터이니, 도련님 앞날 또한 찬란할 테지요. 저 같은 것이 감히 가까이할 수 없습니다. 이제 떠나면 나 같은 것은 싹 잊을 테지요. 미리 정 끊어야지요."

"별걱정을 다 하네. 나한테는 너밖에 없다. 너를 버리다니, 천벌을 받을걸. 너랑 한양에 같이 갈 거다."

"철없는 소리 하지 마셔요. 도련님이 무슨 수로 평양 기생을 달고 한양에 갑니까?"

"왜 안 돼? 아버지한테 말하면 돼."

"관아 기생은 나라 것입니다. 평안 감사 마음대로 할 수 없다고요."

"걱정하지 마. 하늘이 무너져도 너를 책임질 테니까."

세창은 두 주먹을 불끈 쥐고 다짐했다.

몇 달이 지나, 소녀는 다정함을 되찾았다. 투정도 부리지 않고 짜증도 내지 않았다. 세창의 비위를 잘 맞춰주었다. 어차피 기생 팔자다. 무수한 사내들을 겪어야 한다. 하지만 영원히 첫사랑은 세창일 테다. 세창과의 사귐을 아름다운 추억으로만 기억하고 싶었다. 즐거운 빛깔로만 칠하고 싶었다.

둘의 두터운 정은 산 같고 바다 같은 것이 되었다.

소년은 철이 들자 야망을 갖게 되었다. 그전에는 왜 과거에 급제해야만 하는지 알지 못했다. 이제 이해가 되었다.

양반 아들이 할 수 있는 유일한 일이 과거 공부고, 과거 시험에서 급제를 해야만 사람 구실을 할 수 있다. 아버지 못지않은 관료가 되고 싶다.

아버지는 소년기에 높은 등급으로 급제했다. 소년은 목표를 세웠다. 아버지처럼 열일곱이 되기 전에 급제한다.

공부를 열심히 하려고 들자, 자란이 걸림돌이 되었다. 자란이 나타나면 의지가 모래성처럼 허물어졌다. 자란과 우스개를 하고 신나는 놀이를 하면 시간 가는 줄 몰랐다. 과거고 급제고 싹 잊었다. 당장의 행복이 야망을 지웠다.

평안 감사는 임기를 끝내고 한양으로 돌아가게 되었다. 감사가 아들에게 물었다.

"네가 어린 기생 아무와 정이 든 모양인데 정을 끊고 훌훌히 떠날 수 있겠느냐?"

세창은 즉각 답했다.

"한갓 풍류 호사에 불과합니다. 무슨 미련이 있겠습니까."

감사는 아들 녀석이 기생을 달고 가겠다고 생떼라도 쓰면 된통 혼내주려고 작정하고 있었다. 아들이 단칼에 아무 미련이 없다고 하니 물어본 게 멋쩍었다. 혹시나 해서 한마디 더 해보았다.

"정분이란 게 칼로 물 베기처럼 쉬운 게 아니다. 너희 정분이 예사롭지 않았잖느냐?"

"소자 세상 이치를 알 만한 나이입니다. 신라 대장군 김유신은 칼로 죄 없는 말 모가지를 베어가며 기생 천관녀와의 정분을 끝냈다고 합니다. 저는 그런 괴상한 푸닥거리 없이도 마음을 정리할 수 있습니다."

감사는 비로소 마음이 놓였다.

세창은 자란을 만나 이별을 통고했다.

"네가 나를 사람으로 안 봐도 좋다. 혼자 떠나겠다."

자란은 각오가 돼 있었다.

"잘 가서요."

"아무렇지도 않느냐? 화가 나지 않느냐?"

"오래전부터 각오하고 있었어요."

"미안하다."

"미안해할 필요 없어요."

"너랑 있으면 행복하다. 너무 행복하다. 하나 나는 사내대장부다. 꿈이 있다. 너랑 있으면 꿈을 잃는다. 내 꿈을 위해서 너와의 행복을 버릴 수밖에 없다."

"그런 말 안 해도 다 알아요. 전 기생이고, 도련님은 귀공자인 거죠."

"잘 살아라."

"기생 년이 못 살 수도 있습니까? 저를 원하는 양반 님네만 즐겁게 해드리면 되는 삶인데. 도련님, 부디 열심히 공부하세요. 장원급제하시거든 평양에 한번 찾아오세요. 혹시 알아요. 소녀가 평양에서 제일가는 기생이 되어 있을지."

자란은 생글생글 웃었다. 첫사랑을 눈물이 아니라 웃음으로 마무리하고 싶었다.

세창은 영영 떠나는 날에도 아무렇지도 않은 기색이었다. 평양 관아에 딸린 구실아치와 기생과 사내종이 모두 나와 감사 가족을 배웅했다. 세창과 자란의 이별이 유별날 것이라고 기대했다. 이몽룡과 성춘향이 얘기처럼 사또 아들과 소녀 기생 정분나는 것은 어느 고을에나 흔한 얘기였다. 사또 가족이 떠날 때 기생을 데리고 가는 일은 전례가 없는 일이기에, 사또 자제와 기생의 이별 모습은 재미난 구경거리가 되기 마련이었다. 모두가 기대한 것이 무색하게도, 세창은 기생에게 눈길 한번 주지 않았다.

자란 또한 울며불며 도련님 앞길을 막지도 않고 도련님 뒤를 쫓아가지도 않았다. 심지어 눈물 한 방울 흘리지 않았다.

모두 아쉬워 수군댔다.

"아니, 저것들이 좋아한 것 맞어? 너무 조용한 작별이네."

세창의 아버지는 대사헌이 되었다. 대사헌의 아들이 과거급제도 못 한다면 큰 웃음거리가 될 테다. 아무도 대놓고 소년등과(어린 나이에 과거에 급제하는 일) 해야 한다고 말하지 않았지만, 세창은 압박감에 시달렸다. 야망이었던 소년등과가 반드시 성취해야 할 조건이 돼버렸다. 고래 등 같은 집에서는 공부가 안 되었다.

세창은 북한산의 어느 절로 들어갔다. 절밥을 먹으며 책을 읽고 글을 지었다. 절에는 경쟁자들이 열 명이나 있었다. 모두가 고관대작의 자제였다. 급제가 아니면 자신의 존재를 세상에 드러낼 수 없는 운명들이었다. 그들은 운명을 걸고 지독스레 공부했다.

겨울이 되었다. 세창은 지끈거리는 골머리를 식히려고 방을 나왔다. 대설이 그쳐 있었다. 마루에 앉았다. 쌓인 눈이 달빛을 머금고 파랬다. 아무 소리도 들리지 않았다. 세창은 돌연 아득해졌다.

구름 속에 무리를 잃은 한 마리 학이 있었다. 저 구슬프게 우는 학이 자신 같았다. 바위틈에 잔나비 한 마리가 잃어버린 짝을 부르고 있었다. 저 처량히 우는 잔나

비도 자신 같았다.

그리고 자란이 떠올랐다. 잊으려고 그렇게도 애썼던 자란이 선연히 다가왔다. 자란의 아리따운 자태와 아담한 얼굴이 명징했다.

돌덩이 같은 것으로 덮어놓았던 가슴이 확 열리는 듯했다. 솥뚜껑으로 막아놓았던 그리움이 펑 뚫리는 듯했다. 주체할 수 없는 감정의 소용돌이에 온몸이 후들거렸다.

다 필요 없다! 내게 필요한 것은 오직 자란뿐이다. 과거급제 필요 없다! 오직 자란과 행복하고 싶을 뿐이다. 머리가 어떻게 된 것이어도 좋아. 공부가 싫단 말이다. 자란아, 자란아! 세창은 눈물을 줄줄 흘리며 속으로 부르짖었다.

새벽 종소리가 울렸다. 세창은 뛰쳐나갔다. 다시 쏟아지기 시작한 눈발이 세창의 발자국을 지웠다.

스님과 함께 공부하던 소년들이 세창을 찾았으나 보이지 않았다. 대사헌 댁에 기별했다. 수백 명이 북한산을 이 잡듯이 뒤졌으나 끝내 세창을 발견하지 못했다. 호랑이가 먹다 남긴 사람 뼈를 수십 개 발견했을 뿐이다. 세창이 호랑이에게 물려 간 것으로 짐작할 수밖에 없었다. 대사헌 댁은 애통에 잠겼다.

세창은 유리걸식하며 오로지 평양성만 바라보고 걸었다. 매서운 추위와 굶주림은 소년의 다리를 꺾지 못했다. 소년은 자란의 얼굴만 그렸다. 자란에게 사죄하고 싶었다. 아무렇지도 않게 버리고 떠난 것을 용서받고 싶었다.

세창은 상거지꼴이 되어 평양성에 닿았다. 자란네 집으로 달려갔다. 나이 든 기생인 자란의 어미는 반가워하지 않았다. 춘향이 정인 이몽룡은 상거지꼴이라도 옷소매 속에 마패를 감추고 있었다. 소년에게는 그런 것을 기대할 수 없었다. 자란 모(母)는 소년이 이리 나타난 것에 대해 재빠르게 생각해보았다. 집안이 몰락한 것이야. 혼자 살아남아 야반도주한 것이겠지.

"자란을 보고 싶어 왔네. 자란은 어디 있는가? 집에 없는가?"

자란 모는 쏘아보다가 쌀쌀맞게 대꾸했다.

"시방은 신임 사또 자제분의 수청을 듭지요. 자제분이 자란이를 어찌나 아끼는지 책실(감사의 아들의 거처) 밖을 못 나옵지요. 한데 도련님은 무슨 까닭으로 이리 나타나신 겁니까? 집안에 큰일이라도 있는 게지요?"

"자란이 생각으로 창자가 끊어질 듯하네. 불원천리 온 것은 오로지 자란을 보고 싶어서야."

"흥, 버릴 때는 언제시고."

"제발 만나게 해주게."

자란 모는 비웃었다.

"천리 타관에 공연히 헛걸음을 하셨소. 나도 내 딸 얼굴 본 지 오래요. 도련님 어서 돌아가세요. 평지풍파 일으키지 마시고."

"정녕 이러긴가!"

"몰라요, 몰라!"

자란 모는 세창을 문밖으로 밀어내고 대문을 소리 나게 닫았다. 세창이 대문을 쾅쾅 두드렸지만, 다시 열어주지 않았다. 자란 모는 야박했다기보다는 겁을 집어먹었다. 대사헌이 되었다는 양반의 자제가 저런 꼴로 나타났다면 집안에 분명 변고가 있는 것이다. 역적으로 몰린 것일 테다. 그렇다면 도련님은 관헌에 쫓기는 몸이라는 것인데 그런 자를 집안에 들였다가 무슨 해코지를 당할지 모른다.

세창은 이방을 찾아갔다. 아버지가 감사로 있을 때

이방은 억울한 누명을 쓰고 옥에 갇힌 적이 있었다. 인근 고을을 휩쓴 도적 떼가 있었는데 이방이 내통했다는 것이다. 세창은 무슨 예감에서인지 다시 조사해달라고 아버지를 졸랐다. 감사가 직접 수사하자 진실이 드러났다. 이방과 척을 진 아전붙이들이 협잡하여 덤터기를 씌운 것이었다. 목숨과 자리를 다 보존한 이방은 감사와 세창을 생명의 은인처럼 받들었었다.

은인이 상거지꼴로 갑자기 나타났다. 이방도 자란모처럼 별의별 의심이 다 들었으나 반갑게 맞이했다. 먹이고 씻기고 좋은 옷을 내주었다. 말을 들어보니, 집안에 무슨 큰일이 있는 것은 아니었고, 사랑의 열병인게 틀림없었다.

이방은 가슴을 쓸어내리면서도 타박하듯 말했다.

"그렇다고 댁에 기별도 없이 가출했단 말입니까? 참철이 없습니다. 댁에서 얼마나 걱정하겠습니까?"

"자란이가 보고 싶어서……."

"자란이는 기생입니다. 간 사람은 잊고 새로 온 사람을 모시는 게 기생이지요. 자란이는 도련님을 싹 잊었을 겁니다. 신임 사또 자제분과 정분이 좋다고 소문이 자자해요. 잊고 내일 당장 댁으로 돌아가세요."

"아니, 자란이를 꼭 보겠소. 할 말이 있소. 미안하다고, 미안하다고 말해야 하오."

"미안한 일을 왜 저질렀어요?"

"나무라지만 말고 나 좀 도와주오."

"이성을 상실했군요. 진정한 다음에 찬찬히 얘기해 보자구요."

이튿날 이방은 소년을 어르고 달래보았지만, 세창은 막무가내였다. 자란을 만나기 전에는 절대로 돌아가지 않겠다는 것이었다. 이방은 약속하고 말았다.

"얼굴만 보고 돌아가는 겁니다. 딴말하면 안 됩니다."

사흘 뒤, 또 눈이 한바탕 쏟아졌다.

이방이 세창을 불러 말했다.

"내일 아침 일꾼들을 뽑아 감영에 쌓인 눈을 치울 겁니다. 도련님도 일꾼이 되는 겁니다. 도련님을 책실 뜰로 보내드릴게요. 자란이가 책실에 기거하니까 상면 기회가 있을 겁니다."

날이 밝자, 감영 앞으로 일꾼들이 몰려왔다. 으레 눈 치우는 일이 있을 줄 아는, 엽전 몇 닢이라도 벌 요량인 상민들이었다. 세창도 상민 차림으로 줄에 끼었다. 이방이 직접 일꾼들을 뽑아서 구역을 배정했다. 여남은 명씩 짝을 지어, 관아로 연병장으로 성벽으로 보냈다. 세창을 보고는 혀를 찼다.

"넌 아직 어린데 힘이나 제대로 쓰겠느냐? 넌 책실 뜰이나 쓸거라."

세창은 한 자루 빗자루를 들고 책실 뜰로 갔다. 자란 과 뛰놀던 바로 그 뜰이었다. 눈을 쓸며 마루 쪽을 훔쳐 보았다. 자란과 다정히 앉아 노닥거리던 그 마루였다. 저 마루에서 우리는 얼마나 정겨웠던가. 자란은 좀체 모습을 보이지 않았다. 책실에 들어 있는가? 책실 옆방 에 들었는가? 가서 문을 확 열어볼까?

한참 후 방문 하나가 열렸다. 자란이 나왔다. 짙은 화장을 한 자란이 난간에 서서 설경을 바라보고 있었 다. 세창은 빗자루질을 멈추고 자란의 옆얼굴을 뚫어 져라 바라보았다.

자란이 볼따구니가 근질근질했다. 누가 노려보는 것 같았다. 고개를 돌리니 일꾼 하나가 서 있었다. 일꾼은 누군가를 닮았다. 하루도 잊어본 적이 없는 소년을 빼 다 박았다. 설마!

안에서 사또 아들이 부르는 소리가 들렸다. 그는 성미가 급해 조금만 늦어도 난리를 치는 성격이었다. 자란은 얼른 방으로 들어갔다.

세창은 망연자실했다. 자란이 나를 보았다. 아는 척도 하지 않았다. 얼굴빛이 새파랗게 질려서는 도망치듯 방으로 들어가 버렸다. 정녕 자란은 나를 잊은 것인가.

세창은 자란을 다시 보기 위해 계속 버텨볼 생각이었지만 일손 모자란 곳으로 불려갔다. 세창은 처음 해보는 힘든 일에 곤죽이 되었다. 몸도 지치고 마음도 지쳐 이방네로 귀가했다. 이방이 물었다.

"자란이는 보았습니까?"

"잠깐 얼굴은 보았소."

"반가워하던가요?"

"말 한마디 나누지 못했소. 나를 보더니 놀라서 들어가 버렸소."

"얼굴을 보았으니, 한양으로 돌아가야죠?"

"조금만 더 생각해보겠소."

"무엇을 더 생각하고 말고 한단 말입니까?"

"나도 내 마음을 모르겠다니까."

세창은 제 머리를 감싸고 괴로워했다.

자란은 점점 확신했다. 아까 뜰에 서 있던 소년은 틀림없이 세창이었다. 세창이 한양이 아니라 평양에 있다니, 천한 일꾼 차림으로 빗자루를 들고 있다니, 도무지 믿을 수가 없어. 하지만 분명히 세창 도련님이었어. 확인해봐야 돼. 세창이 맞는다면 왜 온 것일까? 나를 만나러? 나를 버리고 갔는데 나를 왜 만나? 자란은 궁금해서 견딜 수가 없었다.

신임 사또 자제 홍 도령은 자란을 제 몸의 일부로 생각하는 듯했다. 손처럼 발처럼 부려먹었다.

몸 뺄 방법이 없을까? 자란은 꾀를 내었다.

자란이 가장 슬픈 표정을 짓고 눈물을 뚝뚝 흘리자, 홍 도령이 놀라 물었다.

"왜 우는 것이냐?"

자란은 울먹였다.

"소녀에게는 다른 형제가 없어요. 제가 집에 있을 때는 아비 산소 눈을 제가 쓸었지요. 겨우내 내린 눈이 아비 묘에 쌓여 있을 것을 생각하니 가슴이 미어져요."

"별걱정을 다 하구나. 종놈 하나를 보내 쓸도록 하마."

"이런 추운 날 깊은 산속으로 누굴 보내겠어요. 누굴 보내 눈을 쓸게 하면 죽은 아비가 무수히 욕을 듣고 말걸요. 소녀가 잠깐 가서 쓸고 나는 듯이 돌아올게요."

"안 된다. 너 없이는 한순간도 못 견디겠다."

자란은 주저앉아 대성통곡했다.

"도련님은 제 마음을 너무 몰라주십니다. 제가 아비무덤 핑계 대고 어미 보러 가고 싶은 마음을 몰라주시네요. 저는 아직 어려 그런지 어미 얼굴이 몹시 그립습니다. 도련님 모시느라 어미 얼굴 못 본 지가 석 달은 되었어요."

소녀의 눈물에 홍 도령은 마지못해 허락해주었다.

자란은 집으로 달려갔다.

"어머니, 혹시 세창 도련님이 왔었나요?"

"며칠 전에 잠깐 들렀었지. 세상에나 완전 거지가 되었더라. 거지 중에 거지더라."

"잘 모셨겠지요?"

"모시길 뭘 모셔. 내쫓았지."

"내쫓아요? 인정 없게 어찌 그럴 수가 있어요? 도련

님을 잘 모시고 저한테 기별을 주었어야죠."

소녀는 소년이 가 있을 만한 곳을 생각해봤다. 어렵지 않게 이방을 떠올렸다. 이방 댁을 찾아갔다. 과연 그 집에 세창이 있었다.

소년과 소녀는 두 손을 맞잡고 눈물을 흘렸다.

자란은 지금의 홍 도령이 저승사자처럼 싫었다. 모셔야 하는 사람이 저승사자 같으니 관아는 지옥 같았다. 소녀도 세창만을 그리워했다. 세창을 잊은 날이 하루도 없었다.

"도련님, 어쩔 작정으로 여기 오신 거예요?"

"너랑 살려고 왔어."

"나랑 사는 건 나라 법을 어기는 건데요? 부모님께는 불효하는 거고. 돌아가세요."

"아니, 난 돌아가지 않아. 너랑 살 거야."

"정말이요?"

"정말."

"저도 도련님과 떨어지고 싶지 않아요. 도련님과 살고 싶어요."

자란은 집으로 돌아가 은자 다섯 냥과 패물 등속을 한 짐으로 만들었다. 그것을 짊어지고 이방네로 왔다.

세창이 애걸했다.

"이방, 신세 많이 졌소. 마지막으로 한 번만 더 도와주오. 말 두 필만 세내어주오."

이방은 허허댔다.

"도련님, 꼭 이렇게 하셔야겠습니까? 세상을 버리겠다는 거냐고요?"

"우리는 세상을 살 이유를 찾은 거요."

이방은 고개를 절레절레 저었다.

"못 말리겠군요. 세마를 빌려 가면 금방 발각될걸요. 정 가시겠다면 제 말을 타고 가세요."

이방은 말 두 필뿐만 아니라 돈을 오십 냥이나 노자로 주었다.

"도련님이 구해주지 않았으면 벌써 죽었을 목숨입니다. 생명의 은혜를 조금이나마 갚는 것일 뿐입니다."

자란과 세창은 둘만의 공간을 찾아 힘차게 떠났다.

평안 감영에서는 기생 자란의 행방을 수소문했지만 찾아내지 못했다. 전임 사또의 아들이 찾아왔었다는 얘기를 하면 자기도 경칠 것을 아는지라 자란 모는 아무것도 모른다고 딱 잡아뗐다. 이방도 아는 게 없는 척 모르쇠를 했다.

하루는 자란이 타일렀다.

"서방님이 부모님을 배반하도록 만들었으니 제가 참 죄인입니다. 서방님이 속죄할 길은 오직 과거급제 뿐입니다. 언제까지 저랑 놀기만 할 겁니까? 우리는 한 집에 삽니다. 날마다 얼굴 볼 수 있고 목소리 들을 수 있어요. 그럼 된 거잖아요. 이제 공부하세요."

"공부를 하라고?"

"의식 걱정은 제게 맡기시고 서방님은 공부만 하세요."

자란은 널리 서책을 구하였다. 어디든지 파는 책이 있다면 값을 가리지 않고 사들였다. 가축을 쳐서 가용을 얻었고, 삯바느질로 곡식을 구했다.

다섯 해 뒤, 별시에서 세창은 장원급제했다. 급제하여 임금을 알현할 때 이조판서가 된 아버지와 재회했다.

자세한 사연을 듣고 임금이 말했다.

"성세창, 너는 패자가 아니라 효자로다. 네 처의 절개와 지모는 누구보다 탁월하도다. 천한 창기 중에 그런 인물이 있을 줄은 몰랐다."

아버지는
결백하다

이 글의 원문은 『이향견문록(里鄕見聞錄)』에 「동자(童子) 홍차기(洪次
奇)」로 수록되어 있다.

『이향견문록』은 조선 후기 중인 문학가 유재건(劉在建, 1793~1880)이
1862년(철종 13)에 편찬한 책이다. 사대부가 아닌, 중인층 이하 인물
들의 행적을 기록하였다. 학행, 충효, 지모(智謀), 열녀, 문학, 서화와
잡예(雜藝)인 의학, 기혁(棋奕), 음악, 복서(卜筮) 그리고 승려 및 도류
(道流)로 구분하여 308명이라는 방대한 위항인(委巷人)들의 전기를
수록했다.

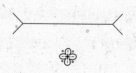

열 살 때, 큰형을 따라 성내로 갔다. 산을 네 번 넘고 물을 다섯 번 건넜다. 성내는 딴 세상처럼 넓었다. 저잣거리 구경에 정신이 팔렸다. 그런 나를 큰형은 측은히 바라보았다. 주막에 들어갔다. 큰형은 국밥 두 그릇과 탁주를 시켰다. 처음 먹어보는 국밥, 국물 한 방울 남기지 않았다.

큰형이 밝혔다.

"차기(次奇)야, 내 말을 잘 들어라. 나는 네 친형이 아니다. 사촌 형이다. 집에 계신 아버지는 네 친아버지가 아니다. 네 둘째아버지다. 집에 계신 어머니는 네 친어

머니가 아니다. 네 둘째어머니다. 그러니까 너를 낳아
준 아버지, 어머니는 따로 있다는 거야. 알아듣겠니?"

바로 알아듣기엔 너무 심한 말이었다.

만약 중부와 중모가 나를 구박덩이로 키웠다면 더
빨리 알아들었을 테다. 그분들이 내 친부모임을 의심
해본 적이 없다. 인자하고 자애로운 그분들이 내 친부
모가 아니라면, 내 친부모는 어디에 있단 말인가?

울기라도 해야 되는가 싶었지만 울음도 나오지 않았
다.

날이 저물었다. 주막 아주머니가 넓은 광주리에 주
먹밥을 쉰 개도 넘게 담았다. 그게 또 먹고 싶어 군침을
흘렸다.

"제 아버지, 어머니는 돌아가셨나요?"

"아버지는 살아 계시다."

"어디에요?"

사촌 형은 대답 없이 해 저무는 쪽을 바라보았다.

"제 부모는, 나를 버린 건가요?"

"버린 게 아니다. 어쩔 수 없었다."

어쩔 수 없었다는 것은 어떤 것인가? 가늠할 수 없
었다. 주막 아주머니가 밥 광주리를 이고 나갔다. 사촌

형은 나를 일으켜 세웠다. 우리는 주막 아주머니를 따라갔다. 어둑어둑해지는 길을 따라 걸으니 어느 큰 집 대문에 닿았다. 벙거지 쓴 나졸 둘이 창을 들고 있었다. 나졸을 두 눈으로 본 건 처음이었지만, 호랑이처럼 무서운 아저씨들 소문은 질리게 들었다. 잔뜩 얼어붙었다.

"형, 우리 어디로 가는 거예요?"

사촌 형은 대답해주지 않았다. 주막 아주머니는 대문 안으로 들어갔다. 사촌 형은 엽전 다섯 닢을 나졸 아저씨에게 내밀었다.

"홍인보(洪寅輔)의 조카와 그의 아들 홍차기입니다요."

"뭐, 홍인보? 거 십 년짜리 말인가? 홍인보한테 아들이 있었어?"

"얘가 그 아이입니다."

사촌 형이 내 어깨를 두드리며 대답했다.

나졸이 나를 쳐다보는 눈길이 불쌍한 닭새끼 바라보듯 했다. 나졸은 엽전을 받아 쥐고는 인심 쓰듯 말했다.

"들어가 봐라."

거지 같은 사람들이 마당에 우글댔다. 죄수들이 헛간 같은 옥에 갇혀 있었다. 옥의 벽은 나무울타리였다. 옥에 갇힌 이들이 나무울타리 틈으로 손을 내밀고 입을 내밀고 있었다. 마당의 가족들은 음식을 전해주었고, 옥 사람들은 닭이 모이 쪼듯 받아먹었다. 가족과 죄수들이 떠들어댔다. 말이 뒤엉켜 그저 시끄럽게만 들렸다.

사촌 형은 나를 옥 가까이 끌고 갔다. 앞에 사람이 물러서기를 기다렸다. 기다리는 동안 누군가 나를 쳐다보고 있음을 느꼈다. 분명히 느낄 수 있었다. 이윽고 자리가 났다. 한 늙은 남자가 나무 기둥 사이에 주저앉아 있었다. 사촌 형은 나를 그 남자 앞에 세웠다.

"네 아버지다, 큰절 올리거라!"

저 병든 남자가, 저 늙은 남자가, 감옥에 얼마나 갇혀 있었는지 악취 풍기는 저 남자가 내 아버지라고? 믿고 싶지 않았다.

사촌 형이 거듭 말했다.

"너를 낳아준 분이다. 네 친아버지다. 어서 인사 여쭙지 못하겠니?"

도무지 어찌해야 할 바를 몰랐다. 큰절을 왜 올리라

는 건가. 그냥 이전처럼 중부와 중모가 부모님이면 안 되는 건가? 왜 처음 보는 이 불쌍한 남자가 갑자기 내 아버지가 되어야 하는가?

꿇어앉았다. 고개를 숙였다. 큰절을 올린 것이 아니다. 갑작스러운 일을 감당할 수가 없어 절로 무릎이 꺾이고 고개가 숙여진 것이다.

늙은 남자는 그렁그렁하더니 눈물을 뽑아냈다. 그가 나무 기둥 사이로 두 손을 뻗어 내 몸뚱이를 안았다. 나는 나무 기둥 사이로 빨려 들어갈 듯했다. 그가 통곡했다.

"아들아, 아들아, 나의 아들아. 미안하다, 미안하다!"

그가 우니 나도 울고 싶어졌다. 울음을 참을 수 있는 나이가 아니었다. 나도 울어버렸다.

중부네 식구들은 나를 변함없이 사랑해주었다. 똑같이 먹여주었고 따돌리지 않았다. 이상하게도 내가 견딜 수가 없었다. 나는 얹혀사는 놈이야! 게다가 아버지라는 사람이 자꾸만 걸렸다. 그 더러운 옥에서 죽어가고 있는 남자가 마음에 밟혔다. 나라에서는 죄수에게

밥을 주지 않는다고 했다. 가족이 없는 죄수는 굶어 죽을 수밖에 없다고 했다.

중부가 안심시켜주었다.

"네 아버지는 걱정하지 마라. 주모에게 한 달에 한 냥씩 주고 있느니라. 주모가 아침저녁으로 주먹밥 한 덩이씩 넣어준다는 말이다. 굶어 죽지는 않을 게다. 벌써 십 년째 그러고 있구나."

모르고 살았을 때는 아무렇지도 않았다. 알고 나니 영 마음이 무거워서 살 수가 없었다.

어느 날 중부에게 말씀드렸다.

"제가 비록 어리나 이제 다 컸습니다. 아버님을 봉양하는 것이 자식의 도리인 줄 압니다. 읍내에 살며 아버지를 봉양하고 싶습니다. 이제 읍내 주모한테 한 냥씩 주지 않으셔도 됩니다. 제가 먹을 것을 구해 아버지를 먹일 것입니다."

"더 크면 그렇게 하거라. 너는 아직 어린애다."

중부는 허락하지 않았다. 몰래 집을 나왔다. 읍내 가까운 산으로 갔다. 나무를 했다. 그루터기를 뽑고 잔가지를 쳐 칡넝쿨로 묶었다. 질질 끌고 읍내 주막으로 들어갔다.

"이걸 받으시고 주먹밥 한 덩이만 주세요."

아주머니가 웃었다.

"어린애가 힘썼다만 그깟 것에는 콩 한 쪽도 못 주겠구나."

아주머니가 주먹밥을 주겠다고 할 때까지 나무를 해 날랐다. 마침내 주먹밥 한 덩이를 얻어 옥으로 달려갔다.

나졸 아저씨가 나를 알아보았다.

"억울한 인보 아들놈이구만. 이놈아, 어째 혼자 왔어?"

"이거 아버지께 드리려고요."

주먹밥 한 덩이를 치켜들고 외쳤다.

나무꾼 노릇에 이골이 났다. 읍내 주막들이 다 내 집처럼 친근했다. 아무 주막에서나 잤다. 일손이 필요해 보이면 들어가 열심히 일하고 봉놋방 한 귀퉁이에서 잠들었다. 봉놋방이 손님으로 차면 부엌에서 가마니를 깔고 잤다. 새벽에 일어나 나무 한 짐을 해다 주었다. 대가로 받은 것은 하루 주먹밥 네 덩이였다. 내 거 두 개, 아버지 거 두 개.

열심히 푼돈을 모았다. 주막에 손님이 없으면, 일손이 급해 뵈는 사람들을 찾아다녔다. 다짜고짜 도왔다. 고맙다는 말 한마디로 때우는 어른들도 있었지만, 수고했다고 엽전 한두 닢을 쥐여주는 어른들도 있었다. 주막에 든 손님들도 뭐든지 열심히 도왔다. 기특하다고 엽전 한두 닢을 받기도 했다. 그렇게 받은 엽전은 절대로 쓰지 않았다. 땅에 항아리를 묻어두고 쌀알 모으듯 했다.

열네 살이 되었다.

어느 날 중부가 찾아왔다.

"너에게 아직 알리지 않은 말이 있다."

"아직 제가 모르는 일이 또 있습니까?"

"네 어미의 일이다."

어머니가 따로 있었다는 것을 안 게 불과 네 해 전이었다. 중부네 식구들은 어머니에 대해 아무 말도 해주지 않았다. 아버지도 어머니에 대해서는 한마디도 하지 않았다. 둘 중 하나라고 생각했다. 일찌거니 죽었거나 먼 데로 도망쳤거나. 아무래도 도망친 쪽일 테다. 일찍 죽은 것이라면 그 사실을 굳이 내게 숨길 까닭이 없잖은가. 무덤을 가르쳐주고 가서 절이라도 올리라고 했을 테다. 그렇지 않았으니, 뻔하다. 어머니는 멀리멀리 달아난 것이다.

한 번도 본 적이 없는 어머니를 이해했다. 아버지는 살인 공모죄를 뒤집어쓰고 옥에 평생 갇혀 살아야 한다. 극심한 흉년이 들면 부모가 제 자식을 잡아먹기도 하는 세상이다. 죄수 남편과 갓난아기를 버리고 새 삶을 찾아 떠난 것은 잘한 일이다. 어머니, 당신은 죄가 없어요.

"네 어미가 죽었다는구나."

"살아 계셨었나요?"

"그래, 살아 있었다."

"잘 살았나요?"

"아니, 잘 살지 못했다."

중부가 내 어머니 얘기를 해주었다. 잠자코 듣기만 했다.

내가 어머니 배 속에 있을 때의 일이었다. 그해는 흉년이었다. 겨우 수확한 곡식으로 나라에서 빌린 환곡을 갚고, 어머니가 뼈 빠지게 짠 무명으로 군포를 치렀다. 겨울날 양식도 없는데 최 부자네서 빚 독촉을 했

다. 봄에 쌀 한 섬과 보리 세 가마를 빌렸는데, 세 곱절
로 갚으라는 것이었다.

아버지는 최 부자에게 사정을 봐달라고 빌었다.

"꼭 갚겠습니다. 석 달만 시간을 주세요. 겨우내 금
광에서 일하겠습니다."

최 부자는 속셈을 드러냈다.

"금광 일이 고돼서 아무나 못 한다더라. 땅을 내놓고
우리 집 종이 되거라."

아버지는 고개를 저었다.

"죽어도 종이 되기는 싫습니다."

최 부자는 야멸치게 소리쳤다.

"보름 안으로 빚을 갚지 않으면 네 땅은 내 것이다.
너와 네 아내는 내 종이다."

아버지만 그런 일을 당한 게 아니었다. 삼동네의 여
러 농부가 아버지처럼 땅을 빼앗기고 종이 될 처지에
놓였다. 날은 속절없이 흘러갔다.

그러다 돌발 상황이 벌어졌다. 땅을 빼앗기고 종이
될 처지에 놓인 농부 다섯 명이 도둑으로 변장하고 최
부자네 담을 넘었다. 땅문서를 찾아내 불태웠다. 최 부
자는 죽어도 돈 궤짝만큼은 빼앗기지 않으려 했다. 농

부들은 엄벙덤벙하다가 최 부자를 살해하고 말았다.

농부 중에 하나가 아버지도 함께 모의했다고 진술했다. 아버지도 최 부자네 담을 넘기로 약속했으나 나타나지 않았다고 누명을 씌웠다.

아버지는 고을 관아에 붙잡혀갔다. 엉엉 울며 말했다.

"저는 말렸습니다. 아무리 그런다 해도 도둑질은 안 된다, 살인은 더욱 안 된다, 차라리 땅을 빼앗기고 종이 되는 게 낫다고요."

아버지의 말은 인정되지 않았다. 살인한 농부들은 사형을 당했고, 아버지는 살인을 공모한 죄로 평생 감옥에 갇혀 있게 된 것이다. 어머니는 부른 배로 날마다 고을 관아에 찾아가서 통곡했다. 제 남편은 죄가 없습니다.

어머니는 나를 낳았다. 또다시 나를 둘러업고 고을 관아에 찾아가서 통곡했다. 제 남편은 정말로 죄가 없습니다. 어머니는 사또의 얼굴도 보지 못했다. 나졸이 들여보내 주지 않았다. 어머니는 관아 대문 앞에서 처절히 울었을 뿐이다.

내가 대여섯 살이 되었을 때, 어머니는 중부에게 말

했다.

"한양에 가서 신문고를 치겠습니다."

중부는 말렸다.

"형수님, 신문고 그거 다 빛 좋은 개살구랍니다. 그거 칠 수도 없고 쳐봤자 임금님이 들어주는 것도 아니래요. 신문고 지키는 나졸한테 된통 혼이나 난답니다. 귀찮게 한다고요. 억울함을 삭이고 차기나 잘 키우시죠."

어머니는 기어이 한양으로 올라갔다. 나를 버리고. 과연 신문고는 함부로 칠 수 있는 게 아니었다. 어머니는 신문고 근처에 갔지만 나졸에게 광녀 취급받으며 쫓겨났다.

사람들이 말렸다. 신문고는 소용없다, 가장 빠른 방법은 조정 대신에게 직접 고하는 것뿐이다, 하지만 그것도 돈이 없으면 어떻게 할 수가 없다, 포기하고 돌아가라.

어머니는 포기하지 않았다. 동틀 무렵 궁궐 앞으로 달려갔다. 출근하는 조정 대신들을 향해 달려갔다. 어머니 같은 사람이 한둘이 아니었다. 돈도 없고 뒷배도 없고 가진 것은 입밖에 없는 이들이 조정 대신에게 직접 고하겠다고 우르르 몰려나갔다. 출근길 좌우에 포진한 군졸들이 육모방망이를 들고 있다가 사정없이 때려대었다. 퇴근길도 마찬가지였다. 방망이 세례를 뚫고 조정 대신 가마 가까이 간다 해도 그들이 눈길을 주고 말을 시켜주지 않으면 헛수고였다. 수많은 이 중에 조정 대신에게 억울함을 호소해보는 행운을 얻은 이는 하루에 한 명이 될까 말까 했다.

어머니는 어느 주막집에 밥해주는 부엌데기로 먹고 잤다. 날마다 궁궐 앞으로 갔다. 비가 오나 눈이 오나 조정 대신을 만나러 갔다. 열두 해 동안 딱 다섯 번 조정 대신에게 말해볼 수 있었다. 펑펑 울며 아버지의 일을 고하고 다시 조사해달라고 빌었다.

조정 대신들은 하나같이 말했다. 그런 안타까운 일이 있었단 말이냐. 내가 알아보마. 그러나 그게 끝이었다. 아버지 사건을 다시 조사한다는 얘기는 전혀 없었고, 그 조정 대신을 다시 만날 수도 없었다. 어머니는 그날도 궁궐로 가려고 주막집을 나서다가 고꾸라졌다. 겉병 속병 모두 깊었던 어머니는 겨우 서른 살에 죽었다.

"주막집에서 연락이 왔구나. 모셔가라고 말이다."

"제가 가겠습니다. 제가 죽은 어머니를 모시러 가겠습니다."

항아리의 엽전을 모두 꺼냈다. 모은 돈을 어머니를 모시러 가는 데 쓰게 될 줄은 몰랐다.

여드레 동안 부지런히 걸어 한양에 갔다. 어머니 시체는 어느 산속 토굴에 대충 놓여 있었다. 토굴에는 버려진 시체가 여럿이었다. 가족이나 연고 없는 시체가 모이는 곳이라고 했다.

어머니랑 오누이처럼 지냈다는 주막집 중노미가 이미 많이 썩은 시체를 가리켰다.

"어휴, 냄새, 저거다. 내가 지게로 져서 갖다 놓은 시체야. 네 엄마 맞는지, 확인해봐라."

"저는 제 엄마 얼굴을 모릅니다. 엄마 얼굴을 한 번도 본 적이 없어요."

어머니가 나를 떠난 것은 내가 대여섯 살 때였다. 나는 아무것도 기억나지 않았다. 엄마 얼굴조차 전혀 기억에 없었다. 하지만 엄마의 시체를 보는 순간 엄마임을 직감할 수 있었다.

관과 지게를 샀다. 어머니를 계곡물에 깨끗이 씻겼

다. 좋은 옷을 입히고 관에 넣었다. 지게에 어머니의 관을 지고 귀향길에 올랐다. 나를 버리고 간 어머니가 죽었다. 죽은 어머니를 지게에 지고 고향으로 간다. 자꾸만 눈물이 났다.

옥에 십사 년째 갇혀 있는 아버지에게 말했다.

"어머니 장례를 치렀습니다. 좋은 곳에 묻어드렸습니다."

"어린 네가 큰일을 했구나. 미안하고 고맙구나."

아버지는 울었다.

괜히 화가 나서 물었다.

"아버지는 아직도 울 힘이 남아 있습니까? 나올 눈물이 있습니까?"

"그러게 말이다. 미안하구나."

"아버지, 하나만 묻겠습니다. 진실을 말해주세요. 아버지는 결백하십니까? 정말로 억울한 누명을 쓴 것뿐입니까?"

"차기야, 아버지는 결백하다."

"결백하다는 증거를 대세요. 남들은 모르더라도, 아들인 저만은 느낄 수 있는 그런 증거 없냐고요!"

"없다. 그런 증거가 어떻게 있을 수가 있겠느냐. 그때 다른 농부들과 함께 최 부자의 담을 넘지 않은 것이 참말로 후회스럽다. 함께 담을 넘었으면 나도 예전에 죽었겠지. 그러면 네 어미가 그토록 고생할 필요가 없었을 게다. 너 또한 이처럼 고생할 까닭이 없었을 게다. 나는 죽어 없더라도 너와 네 어미는 둘이 잘 살 수 있었을 게야. 하지만 안 한 것을 했다고 할 수는 없잖느냐. 나는 그때 다른 농부들을 말렸다. 그게 진실이야."

"아버지, 하나만 더 묻겠습니다. 어머니가 한양에 올라간다고 했을 때 아버지는 말렸습니까?"

"그럼 안 말렸겠느냐? 제발 나 같은 놈은 잊고 너만 잘 키워달라고 신신당부를 했다. 내 말을 듣지 않고 기어이…… 네 어미에게 고마워해야 할지 화를 내야 할지 잘 모르겠다. 내 결백을 위해 그 고생을 해준 건 고마우나, 내 아들을 이리 불쌍하게 만들어놨으니 밉다. 내가 원한 것은 내 결백이 아니다. 너를 잘 키워달라는 것뿐이었어."

"아버지, 소자는 다시 한양에 올라가겠습니다."

"무슨 소리냐?"

"어머니가 아버지의 억울함을 하소연하였으나 이루

지 못한 채 원한을 머금고 돌아가셨습니다. 제가 비록 어리지만 제가 아니면 누가 어머니의 원한을 풀어드리겠습니까?"

"무슨 소리를 하고 싶은 게냐?"

"제가 아버지의 결백을 밝혀내고야 말겠습니다. 아버지를 옥에서 나오도록 하겠습니다."

"제발, 그러지 마라."

"아버지 때문에 그러는 게 아닙니다. 어머니 때문에 그러는 겁니다. 어머니가 이루지 못한 일을 제가 대신 이뤄드리겠다고요."

"네 어미를 그렇게 잃었다. 너마저 그렇게 잃을 수는 없다. 너는 고작 열네 살이다."

"이미 한양에 가서 죽은 어머니를 모시고 왔습니다. 무엇이 걱정이겠습니까?"

남은 돈을 주막 할머니에게 맡겼다. 아버지를 굶기지 말라고 신신당부했다.

신문고 근처에서 얼쩡댔다. 멀리서 올려다본 신문고는 버려진 북 같았다. 저 신문고가 마지막으로 울린 게 삼 년 전이라던가. 나흘을 기다린 끝에 기회가 왔다.

신문고를 지키는 나졸은 항상 두 명이었다. 한 명은 무슨 볼일을 본다고 시장 쪽으로 갔고, 한 명이 똥 마려운 표정으로 뒤뚱뒤뚱 채소밭께로 갔다.

쏜살같이 달려 정자로 올라갔다. 북채를 들어 사정없이 북을 때렸다. 신문고가 울리면 임금님이 '짠' 하고 나타나 내 말을 들어주어야 했다. 하지만 임금님은 나타나지 않았다. 사또보다 높아 뵈는 군인이 나타났다.

"북은 왜 쳤느냐?"

아는 대로 아버지 일을 얘기했다.

"알겠다. 돌아가 있으라."

어리벙벙했다. 신문고가 이처럼 간단한 것이었나?

포도청이며 궁궐 앞이며 전옥서며 왔다 갔다 하면서 높은 벼슬아치나 군졸이나 포교나 나졸의 움직임을 살폈다. 마음씨 좋아 뵈는 분들께 접근해서 신문고 울린 사정을 말하고 어떻게 되었는지 알아보았다. 열흘을 알아본 결과, 내가 신문고 울린 일은 높은 조정 대신에게 보고되지 않은 게 틀림없었다. 신문고는 소용없는 짓이었다.

어머니가 썼던 방법밖에는 다른 수가 없었다. 궁궐

밖에 엎드려 있다 조정 대신이 나타나면 통곡하는 것. 억울한 어른들 틈에 섞여 조정 대신을 기다렸다. 조정 대신이 보이면 어른들과 함께 통곡했다.

나는 눈에 띄었다. 가장 어린 데다가 울음소리가 너무 컸다. 나도 놀랐다. 내 배 속에서 그토록 큰 울음소리가 나올 줄은. 정말이지 억울하고 분하고 서러워서 울다가 죽어버려도 좋다는 심정으로 울었다. 억울하게 십사 년 동안이나 옥에 갇혀 있었던 아버지와, 그런 아버지의 결백을 밝히겠다고 십사 년 동안 울어댔던 어머니를 생각하니, 울음이 폭포처럼 밀려 나왔다. 여러 조정 대신이 내 울음소리에 끌려 다가왔다.

"무엇이 억울하냐?"

울면서 사연을 아뢰었다.

그렇지만 재조사는 이루어지지 않았다.

내가 우는 것을 구경하는 사람들이 생겨났다.

"먹으면서 울어라!" 하고 떡이나 과일을 주는 아주머니들도 있었다.

내 어머니랑 오누이처럼 지냈다는 중노미가 문득 다가오더니 참빗으로 내 머리를 빗겨주었다.

"울더라도 깨끗이 울면 좋잖으냐."

이가 우수수 떨어졌다.

여름에 크게 가물었다. 임금은 기우제를 지냈고 중
앙과 지방에 중죄수를 다시 조사하라는 명을 내렸다.
억울한 죄수가 있는지 살피는 것도, 하늘의 노여움을
푸는 갖은 방법 중 하나라고 했다. 재조사가 이루어지
게 된 것이다!

조사관이 나를 찾아와 말했다.

"사실 이번에 네 아버지는 조사 대상이 아니었다. 그
런데 형조판서 나리가 너의 일을 임금께 고했다. 임금
께서 네 일을 측은히 여겨 특별히 네 아버지 사건도 재
조사하라고 하신 게다."

충주 관아로 돌아가기로 했다. 충주에서 재조사가
이루어지면 아버지의 결백을 밝히는 데 뭐라도 도움이
되어야 한다. 찌는 듯한 더위를 무릅쓰고 삼백 리를 달
렸다. 아버지 사건도 다시 조사하였다. 조사관 포졸 아
저씨들을 쫓아다니며 뭐라도 도우려고 했다.

조사관 포졸들이 한양으로 말 타고 올라갔다.
나도 한양으로 다시 올라갔다. 중부가 말렸지만, 기

어코 상경했다.

"한양에서 일이 또 잘못될지도 모릅니다. 그러면 또 울어야지요."

도중에 천연두에 걸리고 말았다. 아파서 제정신이 아니었지만 멈추지 않았다. 아픈 채로 대궐 앞에 부복했다. 부복해서 울었다. 하루, 이틀, 사흘, 나흘…… 간신히 붙잡고 있던 의식이 가물가물했다. 세상이 아득했다. 아무것도 보이지 않고 아무 소리도 들리지 않았다. 문득 소리 지르고는 했다.

"제 아버님이 살게 되었습니까?"

어디선가 한 소리가 들렸다. 그 소리는 내 망가진 머릿속을 꿰뚫는 화살 같았다.

"네 아버지가 사면되었다!"

퍼뜩 깨어났다.

"정말입니까? 저를 위로하려는 것이 아닙니까?"

낯익은 조사관은 판결문이 적힌 글을 읽어주었다.

"충주 농민 홍인보의 사건은 너무 오래된 일이라 자세히 밝힐 수가 없다. 옳고 그름을 판단하기가 어려우나, 농부들의 증언에 현혹된 바 있는 것은 틀림없다.

이왕 십사 년이나 옥살이를 하였으니 사면하고 영남으로 귀양 보내라."

귀양을 보내라고? 하지만 사면한다 하였으니 아버지는 죽을 일이 없다. 아버지는 옥에서 나온다. 아버지의 결백을 밝혀낸 것인가? 알 수 없었다. 하지만 아버지가 살아난 것은 분명했다.

자세를 바로 했다. 궁궐을 향해 세 번 큰절을 올렸다. 벌떡 일어나 춤을 췄다.

"아버님이 살아나셨다! 아버님이 살아나셨다! 아버지를 보러 가야지, 아버지를 보러 가야지."

갑자기 쓰러졌고 나는 죽었다. 내 나이 열네 살이었다.

나는 아버지가 옥에 갇힐 때 태어나서 아버지가 옥에서 나올 때 죽었다.

기술자
최천약

이 글의 원문은 『병세재언록(幷世才彦錄)』에 「최천약(崔天若)」으로
실려 있다.
『병세재언록』은 조선 영·정조 때의 학자 이규상(李奎象, 1727~1799)
이 당대의 빼어난 인물들에 대해 기록한 책이다. 18세기 영·정조 시
대의 문화 부흥기를 이끈 주역들이 망라되어 있다. 1997년 『18세기
의 조선 인물지―병세재언록』이라는 제목으로 출간되었다.

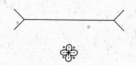

못생기면 재주나 품성도 오해받기 마련인가. 어렸을 때 유난히도 못생겼던 나는 근거도 없이 매사에 미련한 놈, 성미 고약한 놈으로 취급받았다. 열 살도 안 된 아이가 미련하면 얼마나 미련하고 고약해보았자 얼마나 고약하겠는가. 그럼에도 유독 멍청이에 싹수머리 없는 놈 취급을 당했는데, 아무리 생각해봐도 내 생김새 때문이었다.

나를 처음 본 이들은 몇 번이고 다시 쳐다보았다. 대놓고 말하는 어른들도 있었다.

"눈과 코와 입이 이다지도 제멋대로 붙어 있을 수가

있느냐? 참으로 괴이하게 생겼구나."

"일찍이 박씨 부인이 여자 중에 괴물급 생김새였다는데, 너의 괴물스러움에는 미치지 못할 게야."

동무들 또한 나를 놀리는 게 일이었다.

"못난이가 온다."

"괴물이다!"

"도깨비다!"

나는 잘 싸우지도 못하면서 덤벼들었고 자주 얻어터졌다.

시나브로 외톨이가 되었다. 동무들은 나랑 어울려주지 않았고 나 또한 혼자 있는 게 편해졌다.

내 친구는 사람이 아니라 나무와 돌과 진흙이었다. 나무토막에 그림을 새겼다. 돌을 쪼거나 진흙을 뭉쳐 뭇짐승을 만들었다. 심심해서 하는 짓거리였으나 어머니는 대단하게 생각해주었다.

"내 아들이 참 신기한 재주를 지녔구나. 어쩜 이렇게 똑같이 만들 수가 있을까? 벌이 꽃인 줄 알고 달라붙겠는걸."

아버지는 자주 화를 냈다.

"사내자식이 뭐 하는 게냐? 계집처럼 옹송그리고 앉

아서 돌멩이나 만지고. 어이구, 너 같은 것이 사람 구
실하고 살까."

하루는 아버지가 나무를 하러 갔다가 산주인에게 쫓
겨 지게를 잃고 왔다. 화가 나서 막술을 마시고 잠들었
던 아버지는 아침에 깨어나서 휘둥그레졌다.

"지게가 제 발로 돌아왔나?"

마당에 지게가 있는 것이었다. 어머니가 자랑했다.

"천약이가 밤새 만들었어요!"

그때부터 아버지도 내 손재주를 인정했다.

아버지는 나를 목수로 키울 작정을 했다.

"농사를 지어봐야 답이 안 나온다. 기술자가 대우받
는 시대가 곧 올 것이여."

아버지는 목수로 이름난 노인한테 찾아갔다.

"얘가 내 못생긴 아들인데요, 집 짓는 기술 좀 가르
쳐주쇼. 내 생각엔 손재주가 있는 것 같은데. 지게를
혼자 만들었다니까요. 시장에서 파는 지게랑 견줘봐도
손색이 없었다고요. 보세요, 이게 그 지게라고요."

귀찮은 얼굴로 우리를 받았던 노인은 지게를 짯짯이
살펴보더니 눈이 초롱초롱 빛났다.

"데리고 다녀봄세."

노인을 따라다녔다. 노인은 아무것도 가르쳐주지 않았다. 심부름만 시켰다.

"할아버지, 전 기술을 배우고 싶다고요. 노인네 몸종하고 싶은 게 아니라고요."

"이놈아, 지금은 네가 힘이 없어서 기술을 배울 수 없다. 힘이 생길 때까지는 눈에 담아라."

"뭔 말이래요?"

"『천자문』이나 떼거라. 무식해서는 목수 노릇도 못 해먹는다."

노인은 기술은 안 가르쳐주고 하루에 문자를 딱 네 자씩만 가르쳐주었다. 노인 말대로, 눈에 담았다. 노인은 큰 집을 전담해서 짓는 대목수였다. 노인은 새벽에 여러 패거리를 모아놓고 일을 분담해주었다. 자재를 운반하는 패, 터를 파는 패, 돌을 까는 패, 기둥을 세우는 패, 목수 패, 벽을 마름질하는 패, 지붕을 올리는 패. 노인은 종일 돌아다니며 패거리들을 닦달했다.

"할아버지는 좋겠네요. 남들은 몸뚱이로 일하는데, 할아버지는 주둥이만 나불대잖아요."

노인은 내 머리통을 지팡이로 때렸다.

"이놈아, 내가 괜히 대목수인 줄 아느냐?"

배우는 것도 없이 노인네 시중이나 드는 것이 못마땅했다. 어머니도 보고 싶었다. 도망쳐 집으로 돌아왔다.

대홍수가 났다. 물이 빠지자 논은 모래투성이가 되었다. 농부들은 모래를 퍼내느라고 정신이 없었다. 어른들은 모래를 한가득 퍼 지게에 지고 뒤뚱뒤뚱 걸었다.

"아버지, 모래 되게 무겁죠?"

"약 올리는 게냐? 그럼 안 무겁겠니?"

"지게로 지고 나르는 것보다 두어 배는 빠른 꼼수가 있어요."

"그런 방법이 있다면 왜 우리가 이러고 있겠느냐?"

"들것을 만드는 거예요. 긴 막대 두 개에 빈 가마니를 잇대는 거예요. 두 사람이 그 가마니를 연결한 막대를 들어 모래를 나르면, 한 번에 네댓 지게를 나를 수 있다고요."

아버지는 무슨 말인지 이해하지 못했다. 헛소리한다고 혼냈다. 나중에 문득 내가 말한 게 생각 난 모양이었다. 다른 아저씨들을 부르더니 내가 한 말을 내놓았다. 아저씨들은 무슨 헛소리냐고 비웃었다. 그래도 장난삼아 한번 해보자는 분이 계셨다. 그렇게 해서 들것 1호가 만들어졌는데 지게로 나르는 것보다 두 배가 아니라 세 배는 능률적이었다.

들것을 시작으로 농사일에 도움 되는 여러 가지 생각을 해냈고 도구를 개량하거나 새로 만들어냈다. 몇 가지만 자랑해보자.

모내기 품앗이를 할 때 어른들은 떼로 몰려다니며 모를 쪘고 모를 날랐고 모를 심었다. 집을 지을 때처럼 품앗이도 패를 나누어 분담하면 좋지 않을까. 모를 잘 찌는 사람들은 모만 찌고, 잘 나르는 이는 나르기만 하고, 잘 심는 이는 심기만 하고. 모내기는 훨씬 빨라졌다.

수레바퀴들이 문제가 많았다. 수레가 잘 안 굴러가고 자주 고장 나는 게 소가 힘이 부족해서, 길이 안 좋아서라고, 어른들은 생각했다.

"그게 아니라 바퀴가 고르지 못하기 때문입니다."

깎고 다듬어 손질하자 수레 바퀴가 세 배는 빨리 굴러갔다.

우리 동네 산은 대나무 숲이 울창했다. 대나무를 베어다 바구니를 만들었다. 어머니와 다른 아주머니들이 나한테 배워 바구니를 비롯하여 다양한 대나무 제품을 만들었다. 시장에 내다 팔아 큰 이문을 남겼다.

이러저러한 일로 미련하고 고약한 아이에서, 똑똑하고 착한 아이로 탈바꿈했다. 내가 바뀐 것이 아닐 것이다. 몇 살 더 먹은 것뿐이다. 진짜로 바뀐 것은 어른들의 눈이다. 어른들에게 도움 되고 돈도 되는 신기한 손재주와 영민한 지혜를 보여주자, 어른들이 나를 다른 눈으로 보게 된 것이다.

나이가 먹어도 외모는 개량이 되지 않았으므로 나는 여전히 괴물 같은 얼굴이었다. 그러나 재주가 널리 소문이 나자 아무도 못생겼다고 하지 않았다. '괴걸'스럽게 생겼다고 했다. 못생겼다거나 괴이하게 생겼다거나 하는 말보다는 월등히 듣기 좋은 소리였다.

놀라운 사실을 알게 되었다. 과거는 양반들만 볼 수 있는 것인 줄 알았는데, 상민도 볼 수 있다는 것이었다.

"아버지, 저 과거에 급제해서 장군이 되겠습니다. 목수 같은 거 하면서 살고 싶지 않아요. 오랑캐를 물리치는 장수가 되고 싶다고요."

"철딱서니 없는 것, 나라 법으로나 그런 것이지 실제로는 꿈같은 일이다."

"이제부터라도 열심히 무예 연습을 하겠어요. 하지만 아무리 무예 연습을 해도 남들을 못 따라잡겠지요. 그러나 제가 묘수가 있습니다. 제가 보기에 우리나라 칼, 창, 활, 총은 다 문제가 있어요. 이것들을 조금만 개량하면 월등히 좋은 무기가 될 수 있습니다. 저는 그 무기 개조술로 급제할 것입니다."

"상놈 과거는 말로만 있는 거다."

"그래도 도전해보겠습니다."

아버지가 엄히 야단쳤지만 굽히지 않았다. 아버지는 마지못해 허락했다.

"네 마음대로 하거라. 네놈이 직접 겪어봐야 이 세상을 알겠지."

드디어 꿈을 갖게 된 것이다. 그 꿈을 이루기 위해 노력만 하면 되는 것이었다. 대장간에 일꾼으로 들어갔다. 금방 쇠를 다루는 기술을 습득했다. 대장장이 어른이 탄식했다.

"이놈 보게. 내가 십 년을 개고생해서 습득한 기술을 일 년 만에 습득하다니. 하늘에서 내린 재주로구나. 너는 이 나라의 가장 큰 대장장이가 될 수 있을 것이야."

하지만 내 실력으로 칼 한 자루와 총 한 자루를 만들고 즉시 대장간을 그만두었다. 내 꿈은 대장장이가 되는 것이 아니니까. 활은 누구한테 배우지 않고 직접 만들었다. 산속에는 무예가 출중하나 숨어 사는 이가 있기 마련이다. 그런 분을 찾아내고야 말았다. 그분을 졸라서 무예를 수련했다.

내가 직접 만든 무기들을 보고 칭찬했던 스승은, 아무리 가르쳐줘도 늘지 않는 내 재주에 절망했다.

"원 이렇게 안 느는 놈을 보았나. 네가 저 무기들을 손수 만들었다기에 천재라고 생각했다. 그런데 무예는 완전 바보나 다름없어."

"더욱 노력하면 되지 않겠습니까?"

"안 돼. 노력해도 안 돼. 열 발을 쏴서 한 발도 못 맞히잖느냐? 네가 칼을 휘두르고 있는 걸 보면 파리 잡는 아이 같다. 자세도 안 나오고 썩은 무도 못 벨 솜씨야."

"저는 꼭 무과에 급제해야 합니다."

"정말 기이한 일이구나. 무기를 만드는 재주는 천하제일이나 그 무기를 다루는 재주는 젬병이니. 무기를 다루지 않고도 과거에 급제하는 방법이 하나 있다."

"그게 뭡니까?"

"무기를 만드는 재주를 글로 써 증명하는 것이다. 네가 평소에 떠들던 나라의 전체적인 군사 전략이나 방어 전략도 훌륭하다. 그걸 글로 쓸 수만 있다면 어쩌면 가능할지도 모르겠다."

내가 쓴 글을 읽어본 스승은 체머리를 흔들었다.

"이놈아, 이게 글씨냐? 지렁이가 기어가는구나. 이걸 누가 한 자라도 알아보겠느냐? 정말 신기한 놈이로세. 뭐 만드는 것은 그리 잘하는데 글씨는 왜 이리 개판인고."

열아홉 살 때, 서울에서 특별 무과 시험을 본다는 관보가 붙었다. 신해년(1731년)이었다.

"이번에 과거를 보겠습니다. 스승님 허락해주십시오."

"네 기술이면 먹고살 걱정이 없다. 헛된 꿈을 품고 사는 게 문제야. 상놈이 과거급제를 꿈꾸다니. 이번 기회에 꿈이 헛되다는 걸 깨닫는 것도 나쁠 것은 없으리."

아버지는 혹시나 하는 기대를 품었다. 전 재산이

나 마찬가지인 소 한 마리를 팔아 노잣돈을 만들어주었다.

"자식에게 미래를 기대하지 않는 아비가 어디 있겠느냐? 이것이 아비가 해줄 수 있는 전부다."

"아버지, 급제하지 못하더라도 한양에서 성공하기 전에는 돌아오지 않겠습니다."

서른 날이 걸려 한양에 당도했다. 내 고향 동래보다 백배는 번화했다. 처음 보는 것들이 많았다.

문과와 달리 무과는 비교적 과거가 공정한 편이라고 했다. 무과 또한 온갖 비리가 만연해 있지만, 시험 자체가 무예를 보이는 것이므로, 누구나 인정할 만한 능력을 보이기만 한다면 급제할 가능성이 있다는 것이다.

접수처 군관이 조롱했다.

"동래에서 온 상민 최천약이라. 허, 아무리 과거 판이 개나 소나 다 몰려드는 아사리판이 되었다지만 저 까마득한 바닷가 상놈까지 기웃거리는 땅이 되었단 말이냐."

활쏘기에서는 다섯 발을 쏘아 한 발도 명중시키지 못했다. 말타기에서는 한 바퀴도 못 돌고 낙마했다. 나무칼 단병접전에서는 제대로 휘둘러보지도 못하고 첫 판에 가슴을 찔렸다. 연습 때 안 된 것이 갑자기 될 리가 없었다. 다행인 것은 나처럼 형편없는 자들이 많았다. 개나 소나 다 몰려들었다는 말이 딱 맞았다.

글쓰기에서도 갑자기 좋은 글씨를 쓸 수는 없었다. 답지를 제출할 때 접수 군관에게 말해보았다.

"여기 쓴 게 참말로 끝내주는 계책인데 이게 글자가 하도 못 알아보게 되어 있습니다. 제가 시험관 나리 앞에서 말로다 설명할 기회를 가질 수 없을까요."

"꺼지지 못해? 못생긴 게 어디서 생떼야."

혹시나 하고 발표를 기다렸다. 급제자 이름을 적은 방문이 붙었다. 구십구 명의 급제자 이름 중에 당연히 내 이름은 없었다. 아버지와 스승 말대로 허황한 꿈을 꾸었던 것이다. 실력은 출중했으나 과거 시험 판이 부정과 비리가 많아 안 되었다고 둘러댈 만한 실력이라도 보였더라면 덜 쓰라렸을 테다. 아무 실력도 없는 놈이 꿈만 컸었다.

하지만 경상도 동래라는 까마득한 바닷가 상놈 주제에 한양에서 과거 시험을 치러봤다는 것을 위안으로 삼고 고향으로 돌아갈 수는 없었다. 아버지께 장담하지 않았던가. 한양에서 성공하기 전에 귀향하지 않겠다고.

무엇으로 어떻게 성공해야 한단 말인가? 그건 차차로 알아보되 일단 목숨을 부지해야 했다. 노자는 다 떨어졌다. 뭘 해야 푼돈이라도 벌 수 있을까, 주막 툇마루에 앉아 고민하는데 주모가 아궁이 때문에 눈물 콧물 다 짜는 게 보였다.

"아주머니, 제가 돈이 떨어졌어요. 하룻밤만 더 재워주고 밥 한 끼만 주세요. 그러면 아궁이를 깨끗하게 고쳐드리겠습니다."

"너 같은 놈이 이걸 어떻게 고쳐?"

"맡겨봐요."

긴 장대를 구해다가 아궁이 속 청소를 하고 입구를 뜯어고쳤다. 다음 날엔 그 주막의 탁자와 마루를 수리했고, 다다음 날엔 그 주막의 방구들을 손보았다. 이후로 한양에 넘쳐나는 주막을 찾아다니며 이것저것 매만져주는 것으로 호구지책을 해결했다. 어느 주모의 소개로 시전 책방에 가서 진열장을 만들어주었다. 이것이 소문나자 이 가게 저 가게에서 나를 찾았다.

그날은 약방에서 약재를 보관하는 상자를 만들었다.

일이 다 끝나고 품삯 주기를 기다리던 중이었다. 바닥에 좀먹어 버려진 천궁(미나리과에 딸린 여러해살이풀로 그 뿌리는 중요한 한약재로 쓰인다)이 있었다. 무심코 천궁을 집어 들었다. 패도를 꺼내어 들고 천궁에 산과 꽃과 새를 새겼다. 아무거나 집어 들고 패도로 새기는 것은 오래된 습관이었다.

약방 주인이 혀를 내둘렀다.

"놀라운 솜씨다!"

"뭐가 말입니까?"

"조각 말일세."

"조각이라구요?"

"자네가 천궁에 한 게 조각이 아니면 뭐란 말인가?"

"이게 조각이라구요? 전 그저, 돌이나 나무나 새길 만한 것을 보면 아무거나 새기고 싶어집니다. 칼만 잡으면 무슨 모양이든지 그대로 새기지 못하는 게 없죠."

"부러운 재주일세."

"엉뚱한 짓 한다고 지청구만 먹었는걸요."

"촌사람들이 예술을 알겠나. 이것은 예술의 영역에 속한 것이지."

"예술이라구요?"

"예술은 알아봐줄 사람이 있을 때만 예술이지. 자네 예술을 알아줄 분이 계시네."

주막에서 쉬고 있는데 부자들이 찾아왔다.

"네가 조각쟁이냐?"

큰 일거리가 들어온 줄 짐작하고 대꾸했다.

"못 하는 게 없습죠."

따라가서 보니 멀리서 바라본 대궐만큼 어마어마하게 큰 집이었다.

"혹시 어떤 분 댁인 줄 여쭤봐도 괜찮을깝쇼?"

"서평군께서 너를 부르셨다."

엑, 기절할 뻔했다. 서평군이라면 임금님의 아우가 아닌가? 임금님 아우가 나를 왜 불러.

서평군은 내가 약국에서 아무렇게나 새겼던 천궁쪼가리를 딱 보아도 귀하게 생긴 부채에 매달아놓고 있었다.

"이것을 네가 새긴 게 맞느냐?"

"예, 그렇사옵니다."

"약국 주인이 가져왔다. 내 이토록 신묘한 조각품은 처음 본다. 중국의 조각품을 수없이 보았지만, 이보다 나은 것은 없었다. 이 신묘한 것을 너 따위가 새겼다니

믿을 수가 없구나."

"당장 보여드리겠습니다. 뭐든지 내놓으시고 뭐든지 말만 하십쇼. 제가 그대로 새겨드립죠."

서평군은 준비하고 있었다는 듯 노랗게 생긴 작은 돌 하나를 내놓았다. 돌에서 막 빛이 났다.

"이게 뭔지는 아느냐? 호박이니라."

말로만 들었고 직접 보기는 처음이었다. 서평군은 또 그림 하나를 보여주었다. 거기에 괴상하게 생긴 짐승이 하나 있었다.

"이것이 사자라는 산짐승이다. 호랑이와는 다르게 생겼지? 호박에 이 사자를 그대로 새겨볼 수 있겠느냐?"

"뭐, 어렵겠습니까!"

호박을 주워 들고 그림 속의 사자와 똑같이 새겼다.

서평군은 무릎을 쳤다.

"너야말로 공수반(公輸般)이구나."

"공수반이 뭡니까?"

"춘추시대 노나라의 탁월한 장인이었느니라. 공수반이 나무를 깎아 까치를 만들었는데 너무나 잘 만들어 그 까치가 날아갔다고 하느니라."

"말도 안 되는 소리네요."

서평군은 나를 가까이 두고 싶어 했다. 마다할 이유가 없었다. 임금님의 아우 집에 살다니.

서평군은 등을 만들라고 했다. 4월 초파일 현등절에 쓸 것이란다. 등 가게에 가서 구경을 하고 왔다. 그것들을 본뜨되 뭔가 새로운 맛이 있는 등을 여러 개 만들었다. 서평군은 다 좋다면서 고민하다가 몇 개를 골라 대궐로 들여보냈다.

서평군을 찾아온 고관대작들은 내 솜씨를 보고자 했다. 내가 새기고 만든 것에 찬사해주고 그것을 소중히 가져갔다.

"나무와 돌에 칼을 잡고 새기면 물이 콸콸 흐르듯 이루어지는구나."

몇 달 뒤, 서평군은 나를 대궐로 데리고 들어갔다. 벌벌 떨었다. 임금님은 나 같은 것을 편전으로 들어오게 했다.

임금님이 내시를 시켜 무엇인가를 보여주었는데 처음 보는 것이었다.

"서역에서 들여온 자명종이란 물건이다. 이것이 움직이지를 않는구나. 한양의 이름난 장인들이 아무도 손을 쓰지 못하였다. 너는 이것을 고칠 수 있겠느냐?"

처음 보는 것이었다. 바늘 같은 것들이 조화롭게 움직였는데 멈췄다는 것이다. 자명종을 완전히 분해하여 골똘히 연구한 끝에 태엽을 감아줘야 한다는 것을 알아냈다.

다시 작동하는 자명종을 보고 임금님이 말했다.

"천하의 뛰어나고 교묘한 솜씨다. 너는 그 재주로 이 종을 본떠서 만들 수 있겠느냐?"

자신 있게 아뢰었다.

"이제 구조를 훤히 압니다. 충분히 만들 수 있사옵니다."

무사히 새 자명종을 만들어 바쳤고, 일약 최고의 장인으로 대접받았다. 나는 불과 스무 살이었다.

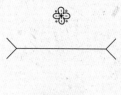

나무꾼
시인

이 글의 원문은 『이향견문록』에 「초부(樵夫) 정봉(鄭鳳)」으로 실려 있다.

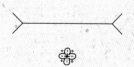

아버지는 나무꾼이었다.

　닷새에 한 번 강배에 나뭇짐을 가득 싣고 한강 뚝섬으로 갔다. 뚝섬부터는 지게에 지고 참판 댁까지 날랐다. 강물이 얼어붙는 겨울에는 배를 띄울 수 없었다. 겨울에 지게로 나무를 져 나르는 고통을 겪지 않으려면 봄, 여름, 가을에 바지런을 떨어야 했다. 겨우내 때고도 모자람이 없을 정도의 나뭇짐을 참판 댁 뒷산에 적재해야만 아버지는 그나마 한가로운 겨울을 보낼 수 있었다.

　아버지는 언제부터 나무꾼이 되었는지 기억하지 못

했다. 고사리손 때부터 할아버지를 도와 나무를 했으니까. 나 또한 언제부터 나무꾼이 되었는지 기억하지 못한다. 고사리손 때부터 아버지를 도와 나무를 했으니까.

아버지한테 자주 혼났다. 열심히 일하지 않고 멍때릴 때가 잦았기 때문이다. 예쁜 꽃이나 묘하게 생긴 나무나 산짐승들이 즐겁게 노는 것을 보면 한참을 구경했다. 그 예쁨이 묘함이 즐거움이 내 가슴에 전해지는 것이었다.

한번은 뚝섬에서 강배를 지키다가 사내종들과 싸웠다. 아버지가 한 지게 가득 장작을 지고 떠난 얼마 뒤였다. 배에는 아직도 많은 장작이 있었는데, 험상궂게 생긴 아저씨들이 다가왔다.

"장작이 참 좋구나. 팔거라."

나무전에 팔아 엽전이나 곡식으로 바꾸려고 따로 마련한 장작 짐이었다.

아버지가 일러준 대로 말했다.

"여 참판 댁 나뭇짐입니다. 눈독 들이지 마세요."

"흥, 따로 팔아먹으려고 짱박아놓은 건 줄 우리가 모르겠냐? 우리는 여 참판 못지않은 대감을 모시는 사람들이니까 어서 팔거라. 아니지, 우리 대감마님이 훨씬 힘이 세지."

"몰라, 몰라. 아버지 오면 얘기해. 니깐 것들하고 말 섞기 싫어."

"마빡에 피도 안 마른 게 어디서 반말을 해?"

"니들부터 했잖어?"

"이 새끼가 장유유서란 문자도 못 들어봤나?"

"니들 종놈이지? 나는 상놈이다. 상놈이 종놈한테 반말하는 게 뭐 잘못됐니?"

"아주 지랄을 떠세요! 버르장머리 좀 고쳐줄까."

사내종들은 나를 강아지처럼 갖고 놀았다. 쥐어박고 때리고 물에 처넣었다가 꺼내기도 했다. 아버지가 돌아왔다. '네들은 이제 죽었어, 우리 아버지가 혼내줄 거야!' 생각한 것이 우습게 아버지는 굽실대며 놈들에게 용서를 빌었다. 나무전에 팔면 보리 세 가마를 받을 수 있는 장작 짐을 콩 한 가마만 받고 내주었다. 사내종들이 돌아간 뒤에 아버지는 내게 화를 풀었다. 아버지한테까지 된통 맞으니 곱절로 서러웠다.

한강을 거슬러 올랐다. 무수한 별이 밤하늘에 기이한 그림들을 그려놓았다. 장대로 노 젓는 아버지의 등이 오늘따라 초라했다.

아버지가 문득 물었다.

"아프냐?"

"저기 떨어지는 별똥별처럼요. 저 멋진 하늘에서 떨어져 어디 땅속에 처박히려니 얼마나 아프겠어요."

"이놈아, 우리도 종놈이다."

"우리는 나무꾼이잖아요? 우린 상놈이잖아요?"

"상놈 아니다. 우리도 종놈이다."

"진짜로요?"

"세 가지 종놈이 있다. 관아에 딸린 종놈, 집에 딸린 종놈, 집 밖에 나와 사는 종놈. 우리는 집 밖 종놈이다. 우리는 여 참판 댁에 딸린 종놈이여. 여 참판 댁 선산을 지키며 평생 나무를 해야 하는 종놈이다. 나도 네 어미도 너도 여 참판 댁 종놈이란 말이야."

충격이었다. 내가 종보다는 윗길인 줄 알았다. 비로소 그 사내종 아저씨들이 화가 난 까닭을 알았다.

"아, 저도 종놈이었군요! 하늘이 무너지는 느낌입니다. 제가 상놈은 되는 줄 알았어요."

"이놈아, 억울할 것 하나 없다! 종놈 신세가 상놈 나무꾼보다 훨씬 낫다. 상놈 나무꾼들은 가진 산이 없으니 나무하기도 어렵고 도둑나무를 해서 먹고사는데 걸리면 목숨이 위태롭다. 근데 우리는 주인댁에서 따로 보내주는 식량도 있고, 주인댁 산에서 편하게 마음대로 나무할 수 있고, 주인댁 나무를 눈치껏 팔아먹을 수도 있으니 얼마나 행복하냐?"

"그래도 좋은 종이잖아요?"

"배불리 먹고살 수만 있으면 되지 종이면 어떻고 상놈이면 어떠냐? 어차피 양반이 아닐 바에야 종놈 상놈 따지는 것은 도토리 키 재기처럼 우스꽝스러운 짓거리다."

"아버지는 종놈인 것이 하나도 억울하지 않단 말씀입니까?"

"대체 뭐가 억울하냐? 양반이라고 사는 게 편안하냐? 과거급제 못 하면 바보 신세고, 관리가 돼서도 툭하면 역모다 뭐다 걸려서 모가지가 달아날 걱정에 잠이나 편히 자겠느냐?"

열일곱 살 때였다. 여 참판 댁 아들 여동식이 글공부를 하러 산으로 들어왔다. 산에는 암자가 하나 있었는데, 대대로 참판 댁 도령들이 과거 공부를 하던 곳이었다.

어머니가 밥과 찬을 해서 광주리에 담아주면, 내가 지게로 암자까지 날랐다. 하루는 동식이 웃으면서 지껄였다.

"네 어미 때문에 큰일이다."

"밥이 잘못되었나요? 배탈이라도 나셨습니까?"

"그게 아니라 밥과 찬이 너무 좋아서 그렇다. 온종일 밥 생각만 하고 있으니 공부가 되겠느냐? 니 어미에게 이르거라. 제발 밥 생각이 안 나도록 밥을 엉망으로 하라고 말이다."

동식은 나보다 두 살이 어렸다. 양반이라서 그런 건지 공부라는 걸 해서 그런 건지 어른스러웠다. 나보다 세상을 훨씬 오래 산 듯 겉늙었다. 동식은 내 아비, 어미에게 지나치게 상전 노릇을 하지 않았고 나한테도 소탈했다. 처음엔 나보다 어린놈한테 굽실대며 시중드는 것이 되게 싫었지만, 시나브로 즐기게 되었다.

암자 안팎을 청소할 때, 아궁이에 불 땔 때 괜히 좋았다. 동식이 책 읽는 소리를 들으면 마음이 따뜻해지고 머릿속이 꽉 들어차는 듯했다. 무언가 예사롭지 않은 바를 바라볼 때 가슴이 울렁거리던 것과는 좀 다른 느낌이었다.

밥 날라주고 불만 때주면 되었지만, 툭하면 암자로 가서 동식이 글 읽는 소리를 들었다. 아버지한테 작대기로 자주 맞았다. 무슨 심부름을 시키면 감감무소식이니 아버지가 화날 만도 했다.

그날은 암자 근처의 계곡에서 웅얼대고 있었다.

"너 지금 뭐라고 외웠느냐?"

돌아보니 동식이었다.

"제가 뭘 어쨌게요?"

"시를 외웠잖느냐?"

"아, 제가 또 뭐라고 중얼댔습니까? 아이구, 이 개버릇. 글쎄, 저도 제가 왜 그러는지 모르겠는데 툭하면 입에서 뭔 말이 나옵니다. 이게 뭔 말인지 저도 몰라요. 혹시 제가 뭐에 썬 건가요?"

"네가 외운 것은 내가 과거 공부 한답시고 읽는 책들에 나오는 글귀니라. 너 혹시 내가 글 읽는 소리를 엿들었느냐?"

"아이구, 죄송합니다. 그냥 저도 모르게 좋아서."

"너 문자를 아느냐?"

"문자가 뭔데요?"

그날 저녁에 밥을 가져갔더니 동식이 어처구니없는 소리를 했다.

"너 문자를 배워보겠느냐?"

"저 같은 것이 배워서 뭐 하게요?"

"나를 위해서 배워다오. 내가 도무지 공부가 안 된다. 과거 공부처럼 괴로운 것이 없어. 그러다가 이런 생각을 해냈다. 내가 누구를 가르친다면 혹시 공부가 잘되지 않을까. 아무것도 모르는 너를 내가 가르칠 수 있다면 내 실력이 한층 발전할 것 같구나."

"뭐, 하라는 대로 해야지요."

"좋다, 기본부터 다시 공부할 작정이다. 『천자문』에서 다시 시작하련다."

동식은 내게 『천자문』을 가르쳤다. 동식이 하나를 가르쳐주면 나는 그 하나를 정확히 터득했고 잊어버리지 않았다. 하루에 네 자씩만 가르치겠다던 동식은, 내가 하도 잘 배우자 하루에 수십 자를 가르쳤다. 석 달 만에 『천자문』을 좔좔 욀 수 있었다. 동식은 고개를 절레절레 흔들었다.

"이런 천재를 보았나!"

그러고는 가르치기를 그만두겠다고 했다.

"왜요? 되게 재미있는뎁쇼. 다른 책도 가르쳐주셔얍 죠?"

"이놈아, 난 그냥 장난으로 가르쳐준다고 한 거였어. 마소한테 문자 가르쳐주면 심심함이 풀릴까 했다고. 네가 이리 머리가 비상한 놈인 줄 몰랐다. 어찌 너 같은 것이 종으로 태어났을까."

"겸손하지 마시고 더 가르쳐주셔요."

"뭘 알아야 가르쳐주지. 나는 오 년 걸려 겨우 『천자 문』을 뗀 돌머리라니까."

동식은 책 몇 권을 들어 내게 주었다.

"네가 직접 읽고서 배우든지 말든지 해라."

동식은 암자에 들어올 때 이백 권의 책을 가지고 들어왔다. 나는 이 년 동안 그 책을 다 읽었다. 동식이 겨우 열 권을 읽는 동안에. 오히려 동식이 내게 묻게 되었다. 이 책에 이 구절은 도대체 무슨 뜻이라는 거냐? 그러면 혹시 이러저러한 뜻이 아닐깝쇼, 하고 대답해주었다.

하루는 동식에게 따졌다.

"도련님은 왜 저한테 문자를 가르쳤습니까? 알면 병이 된다는 말이 사실이잖아요. 아는 게 많은데 그걸 써

먹을 주제가 못 되잖아요. 저는 과거 볼 자격도 없고. 이게 뭡니까!"

"나중에 내가 우리 집의 주인이 되면 너를 면천해주겠다."

"면천을 해주시면 고맙지만 그래도 세상이 다 안다면서요? 예전에는 종놈이었다는 것을."

"나도 후회막급이다. 너 같은 것한테 문자를 가르쳐 갖고 이리 닦달당할 줄이야."

동식은 부잣집 도령답게 종이를 아까워하지 않았다. 아직 쓸 공간이 많은데도 휙 버리고는 부족한 문장이니 태워버려라 소리쳤다. 동식이 버린 종이를 하나도 태우지 않고 모아 가졌다. 역시 동식이 버린 벼루와 붓으로 종이의 빈틈에 글씨 연습을 했다. 대개는 나무 꼬챙이로 흙바닥에 연습했지만, 자신이 있는 날에는, 종이에다 썼다. 책에 있는 글귀를 베껴 적고는 했는데, 간혹 순수하게 지어 써보기도 했다.

아버지 몰래 나뭇짐을 내다 팔고 종이를 샀다. 그 종이에 낙서처럼 썼던 글귀 중에 가장 자신 있는 열 수를 옮겨 적었다. 동식에게 보여주었다.

"도련님, 웃지 마시고 한번 봐주시겠습니까? 제가

심심할 때마다 끼적댄 것인데 이런 것도 시라고 할 수 있는지…….”

“네가 시까지 썼어? 종놈이 시를?”

“그게 다 도련님이 문자를 가르쳐주는 바람에 일어난 사달입죠.”

내가 쓴 시를 골똘히 읽어보고 동식이 말했다.

“잘 쓴 것 같은데.”

“정말요?”

“너무 좋아하지 마라. 종놈보다 문자 딸리는 내가 시를 알겠느냐? 이번에 한양에 가면 문장가 어른을 찾아뵈마. 그분한테 보여주면 이게 시인지 아닌지 알 수 있겠지.”

동식이 한양에 다녀왔다. 동식이 여러 시인에게 보여주고 얻어들어 온 평을 정리하자면 이랬다.

전고(典故)를 많이 섞어 쓰지 않아 내용은 평이하여 독해하기에 쉬운 장점이 있다, 현학적이지 않다, 정감을 자연스레 포착하여 한 폭의 풍경화를 그려냈으니 고아하다, 외물과 정경을 담담하게 그리면서도 내면에 잘 갈무리하여 절제미를 획득하였다.

“그게 무슨 말입니까? 시라는 겁니까? 아니라는 겁

니까?"

"잘 썼다는 소리 같은데. 다들 이 시를 쓴 자는 천재라더라. 부럽다, 천재야."

좋기도 했지만 속상했다.

"천재면 뭐 해요, 과거도 못 보는 종놈인데."

"시인으로 이름을 날리면 되지."

"종놈 약 올리시네요."

"너도 알겠지만 천출로 이름을 날린 시인이 한둘이더냐? 너도 그들처럼 될 수 있다."

나도 안다. 천출로 명성을 떨친 시인들이 있다는 것을.

어무적(魚無迹)은 연산군 때 사람이다. 아버지는 사대부였고 어머니는 김해 관아에 딸린 노비였다. 그래서 어무적도 관노비였다. 나중에 '율려습독관(律呂習讀官)'이라는 자리에까지 올랐고 거칠지만, 심금을 울리는 시로 회자되었다.

유희경(劉希慶, 1545~1636)은 인조 때 사람이다. 아버지는 양반이고 어머니는 여종이었다. 그래서 유희경도 종이었다. 어머니가 오래 병석에 있었다. 대변을 받은 어머니의 기저귀를 빨아 바위에 걸어놓고는 종일 책을 읽었다. 열세 살 때 아버지가 죽자 홀로 언 흙덩이를 날라다 장사 지내고 묘를 다듬었다. 양반들의 도움을 받아 예학 전문가가 되었다. 종이품 가의대부(嘉義大夫)라는 어마어마한 벼슬에 올랐고 시로도 명성을 누렸다.

백대붕(白大鵬, ?~1592)은 조선 선조 때 사람이다. 아버지가 양반이고 어머니가 전함사의 여종이었다. 그래서 백대붕도 전함사의 종이었다. 나중에 궁궐의 열쇠를 보관하는 정육품 벼슬까지 올랐고 개성적인 시로 유명했다.

홍세태(洪世泰, 1653~1725)는 숙종 때 사람이다. 아버지는 중인이었고 어머니는 노비였다. 그래서 홍세태도 노비였다. 역관으로 중국과 일본을 넘나들었으며 당시 최고의 시인으로 명성을 누렸다.

이단전(李亶佃, 1755~1790)은 당대의 유명한 시인이다. 그 역시 아버지는 양반이고 어머니는 여종이었다.

왕태(王太, ?~?)도 당대의 유명한 시인이다. 고려 왕씨의 후손이라지만 젊은 날에 주막집 중노미였다. 술잔을 나르는 틈틈이 책을 손에서 떼지 않았고 물을 끓이는 동안에도 아궁이 불빛에 비추어 읽었다. 토굴에서 시를 읊다가 지나가던 당시 세도가 대감 귀에 걸려 임금님 앞에서 시 창작을 할 정도로 출세했다.

"그렇지만 그들은 결정적으로 아버지는 종이 아니 었단 말입니다. 어머니만 천출이었다고요. 그래서 면 천도 쉽게 될 수가 있었고 다른 양반들이 기회를 많이 주기도 했고 출세도 빠를 수가 있었다고요. 서얼이랑 비슷한 천출이었다고요. 하지만 저는 아버지마저 근본 없는 종입니다. 완벽하게 천출이지요. 저 같은 것이 그 분들처럼 시인으로 이름을 날리거나 벼슬까지 얻는 출 세는 애초에 불가능하단 말입니다."

"억울하냐?"

"억울합니다."

억울하다고 달라질 것은 없었다.

그러나 언젠가 시인이 되고야 말 것이다. 이름을 세상에 떨치고 벼슬자리를 얻는 그런 시인 말고 진짜 시인.

진짜 시인이란 무엇인가? 어렸을 때 예쁜 것을, 묘한 것을 바라보는 것만으로도 즐거웠다. 그것을 이제 글 로 표현할 수가 있다. 시라는 형식으로.

예쁜 것을, 묘한 것을, 즐거운 것을 시로 표현하고 읊는 사람이 진짜 시인이다. 세상이 알아주지 않으면 어떤가. 내가 시로서 흥겹고 혹시 또 누가 읽거나 듣고 더불어 흥겨워해준다면 충분한 것이다. 그러려면 시를 잘 써야 할 테다.

진짜 시인이 된다는 것이 어떤 것인지 어렴풋이 내다볼 수 있었지만, 문제는 내가 이제 열아홉 살이라는 것이었다. 생각이 철이 들었다고 마음까지 철이 들 수는 없었다.

어쨌거나 마음이 울렁거릴 때마다 시를 썼다. 쓸 수밖에 없었다.

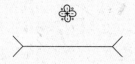

신부,
신랑을 구하다

이 글의 원문은 『청야담수(靑野談藪)』에 「환의심랑해숙약(換衣尋郞
諧宿約)」, 『이조한문단편집』에 「최 풍헌 딸(崔風憲女)」로 수록되어
있다.

『청야담수』는 20세기 초에 편찬된 것으로 추정되는데 편찬자는 알
수 없다. 200여 화에 해당하는 방대한 분량이 수록되어 있고 한문에
토를 단 것이 독특하다. 당대 구활자본 야담집들의 전형이라 할 수
있다.

늙은 훈장이 별세했다. 그는 지독히 가난해 서당 훈장질로 겨우 먹고살았다. 열아홉 살 외아들에게 아무것도 남기지 못했다. 논밭도 종도 집도. 어려서부터 양반이랍시고 글공부만 해온 아들은 호구지책마저 전무했다. 훈장에게 배운 마을의 제자들은 돌아가신 스승의 은덕을 생각해서 고아 청년을 배려했다. 서당을 계속 거처로 쓰도록 해주었고 집집이 돌아가며 먹여주었다. 아버지의 뒤를 이어 훈장 노릇도 하게 해주었다.

청년의 동무들은 다들 혼인해 가정을 이루고 있었다.

동무들은 의논했다.

"우리 중에 혼인 못 한 것은 조 도령뿐이다. 우리가 동무의 혼인을 도와줘야 하지 않겠는가?"

"도와주고 싶은 마음은 굴뚝같으나 사고무친에 빈한한 친구를 어떤 집에서 사위로 받아들이겠나?"

"눈높이를 낮춰보세. 상식적으로 조가 양반가의 사위가 되는 것은 불가능하네. 그러나 부유한 양민가에서는 기꺼이 원할 것이네. 그들은 양반 사위를 얻으니 좋고, 조는 처가의 도움으로 과거 공부를 계속할 수 있으니, 서로 좋은 일 아닌가?"

"조가 양반 체면에 아래 신분과 혼인하려고 하겠나?"

"조가 꽉 막힌 사람이 아닐세."

"그렇다면 맞춤한 처녀가 있지. 옆 마을 최 풍헌의 딸 말일세. 최 풍헌은 지체 낮은 아전이나 재산이 넉넉하지 않은가."

"최 규수 소문이야 유명하지. 예쁘고 총명하다지."

"딸이 하도 총명해서 부모도 딸 의견에 의지한다는 소리는 나도 들었네."

"아무려나 조의 의중이나 알아보세."

동무들은 서당으로 찾아갔다. 외롭고 가난한 조 도령은 반갑게 맞아주었지만 발길 뜸해진 동무들에게 마음이 상해 있었다. 간만에 회포를 풀다가 동무들은 작정하고 온 말을 했다.

"자네가 언제까지 혼자 살 수 있겠나? 어떻게든 가정을 꾸려야지. 자네 형편에 양반가에 장가가기는 어려운 것 아닌가. 부유한 중인집이나 상민집에서 아내를 구해볼 생각은 없는가?"

조 도령은 자조했다.

"그럴 마음이 왜 없겠나. 내 주제에. 이놈의 양반 허울 벗어던지고 상놈으로 살고 싶네. 태어나기를 양반으로 태어났으니 이래 빙충이 꼴이 돼서도 양반입네 하는 것이지. 나 같은 것을 사위로 받아주겠다는 중인집이나 상민집이 있겠는가? 돈만 있으면 양반 신분을 사고팔 수 있는 세상이네. 부가 모든 것을 말하네. 부유한 상민은 가난한 양반을 집 없는 개처럼 하찮게 보네. 어떤 상민이 나 같은 걸 사위로 들이겠나? 양반이 조약돌처럼 널린 세상에."

"왜 그토록 나약한 말을 하는가? 자네에겐 미래가 있잖은가? 과거에 급제하기만 하면 새 인생이 시작되

네."

"나는 틀렸네. 지필묵도 못 사는 주제에 과거라니 언감생심이지."

"하여간 우리가 추진해보겠네. 자네는 좋은 소식을 기다리게."

동무들은 최 풍헌을 찾아갔다. 최 풍헌은 윗마을 젊은 양반들이 우 몰려오는 바람에 겁을 더럭 먹었다. 재산으로 상대도 안 되는 것들이지만 아무튼 저들은 양반이었다.

젊은 양반들은 자기 마을에 인물 좋고 쾌남아 양반이 있는데 사윗감으로 어떠냐고 물었다.

"우리와는 견줄 수 없을 정도로 머리가 좋은 사람이네. 사위로 삼고 지원하면 머지않아 과거에 급제할 걸세. 당장이라도 돈 주고 양반 신분 살 수 있을 만큼 부자인 걸 아네만 돈 주고 산 양반과 진짜 양반이 같은가. 진짜 양반을 사위로 둘 수 있고 그 사위가 과거급젯감이니 이만큼 훌륭한 투자가 어디 있겠나."

양반들이 제 친구를 추켜세우는 소리가 최 풍헌의 귀에는 매미 우는 소리로 들렸다.

'인물 좋은 쾌남아? 웃기고들 있네. 나도 그 자식 소문은 들어서 알고 있다고. 그래봐야 시골 천재지, 그 정도 머리 좋은 놈은 조선 팔도에 쌔고 쌨다고. 차라리 이미 과거에 급제한 양반님의 소실로 주는 게 낫지. 그런 거지 양반한테 내 귀한 딸을 줘? 내가 미쳤나.'

최 풍헌은 둘러댔다.

"참 고마운 말씀입니다. 하오나 저희에겐 이미 정혼한 집이 있습니다. 게다가 제 신분이 아전인데 양반 사위를 들이다니요, 주제넘은 짓입니다."

동무들이 알아보니, 정혼한 집이 있다는 것은 거짓말이었다.

"허어, 고얀 사람일세. 싫으면 그냥 싫다고 하지 씨도 안 먹히는 거짓말을."

"양반의 위세가 하늘을 찌르던 시절이라면 최 풍헌을 잡아들여 양반께 거짓말한 죄로 멍석말이를 해도 별 탈이 없었겠지."

"다 옛날얘기지. 지금은 함부로 양반 위세를 부렸다가는 외려 큰 창피를 먹을 터야. 최 풍헌네 종놈과 소작인 숫자가 얼마인지 아나? 그놈들만 몰고 와도 우리 양반네들은 끽소리 못 할 것이네."

"그렇다면 최 규수가 직접 판단하도록 하세."

동무들은 조 도령에게 편지를 쓰도록 시켰다.

"자네의 품성을 글로 증명하게. 자학하지 말고 자신감을 듬뿍 담게. 우리 중에 과거에 급제할 인재는 자네뿐이야. 당당하란 말일세."

조 도령이 보낸 글을 읽고, 최 규수가 만남을 허락했다. 최 규수도 조 도령의 소문은 듣고 있었고, 글을 보니 급제를 기대할 만한 수재라고 판단되었다. 조와 최 규수는 첫 만남에 서로에게 반했다. 서로에게 잎날을 기약할 만하다고 여겼다.

최 규수는 은가락지를 빼어주었다.

"제 아버지는 완고하여 혼인을 허락하지 않을 것입니다. 그러나 이 은가락지를 보여드리면 어쩔 수 없으실 겁니다."

동무들은 종을 보내 최 풍헌에게 서당으로 오라는 전갈을 보냈다. 최 풍헌은 기분이 나빴다.

'새파랗게 젊은 놈들이 지들도 양반이랍시고 사람을 오라 가라 하네. 이것들이 무슨 수작이지? 저번에는 찾아오더니, 이번에는 불러? 혹시 저번 일에 앙심을 품고 멍석말이 해코지라도 하겠다는 건가? 그랬다가는 너희도 죽고 나도 죽는 것이다. 일단 부르니 아니 가볼 수는 없지.'

최 풍헌은 배포 있게 부리는 종 하나 안 데리고 홀로 서당으로 갔다. 젊은 도령이 여남은 명 모였는데 살벌한 분위기는 아니었다. 다들 싱글벙글하고 있는 게 좋은 일이라도 있는 모양이었다.

도령들은 최 풍헌을 공부방 상석에 앉히더니, 다짜고짜 떠들었다.

"저 사람이 바로 저번에 우리가 말한 조 도령이오. 조 도령을 사위로 맞이하시오. 풍헌의 사위는 기필코 급제할 것이오. 우리랑은 근본이 다른 사람이니 필시 성공할 것이오. 그리되면 풍헌은 우리들에게 한턱내야 할 것이오."

조 도령은 좀 무안한 낯꼴로 잠자코 있었다.

최 풍헌은 화가 났다.

'사위로 맞이하시오? 나한테 명령하는 거야? 이것들이 진짜!'

최 풍헌은 꾹 참고 좋게 말했다.

"왜들 이러십니까? 젊은 분들이 농담이 지나칩니다.

저번에 끝난 얘기를 또 해서 사람을 곤란하게 만드는 까닭이 뭡니까? 이 사람을 골리는 거라면 서로 간에 좋을 일이 없을 텐데요."

조 도령이 불쑥 물었다.

"풍헌께서는 내가 마음에 들지 않소? 사윗감으로 부족하오?"

최 풍헌은 한 대 맞은 듯 놀랐다. 조 도령을 찬찬히 뜯어보았다.

'흠, 좀 매가리가 있어 뵈는군. 하지만 그래도 거지나 다름없는 놈 아닌가. 저걸 사위로 맞이하면 급제할 때까지 뒤를 봐줘야 할 텐데 급제한다는 보장이 있느냐고. 우리 고을에서 십 년에 한 명 나면 많이 나는 게 급제자인데. 내가 양반을 많이 봐서 아는데, 양반은 생긴 거 갖고는 몰라. 네가 생기기는 공부 좀 하게 생겼다만 양반치고 공부 안 하게 생긴 놈 있냐고. 내 사위 돼서 급제 못 하면 난 뭐가 되냐고. 쓸모없는 양반 놈한테 딸 빼앗기고 공짜로 평생 먹여준 거밖에 안 되잖아. 나는 그냥 잘나가는 중인 가문 사위 얻으련다.'

조 도령이 생각 많은 최 풍헌에게 은가락지를 보여주었다. 젊은 도령들이 한껏 웃었다. 최 풍헌은 한눈에 알아보았다. 딸의 것이 틀림없었다. '저게 왜 저 녀석한테 가 있는가?' 물어보고 싶었지만, 무슨 말을 들을지 몰라 차마 물어볼 수가 없었다. 분명한 것은 조 도령과 딸이 만났다는 것이다. 언제 어디서 어떻게 만났지는 모르겠지만, 아무튼 딸의 은가락지가 조 도령의 손안에 있다.

최 풍헌은 계산이 빠른 사람이었다. 웃으면서 말했다.

"허어, 여러 수재분들의 의기가 실로 장합니다. 벗을 장가보내려고 이토록 애들을 쓰시니. 제가 어찌 여식 하나를 아껴 수재분들의 높은 의기를 이루어드리지 않겠습니까. 저야 미천한 아전 신분인데 양반 도령을 사위로 얻을 수 있다면야 가문의 영광입지요. 도령께 그저 감사할 따름입니다."

그 자리에서 정혼이 되고 혼인 택일까지 되었다.

벗들은 자기 부모들에게 이 일을 알려 돈을 마련했다. 작고한 훈장을 기리는 마음이 있어 부모들은 선뜻 돈을 내주었다. 벗들이 모은 돈이 삼십 꿰미쯤 되었다. 벗들이 돈을 주며 조 도령에게 말했다.

"빈 몸으로 장가갈 수는 없네. 아무리 사고무친이라도 어른은 있어야 하네. 자네에겐 외숙이 있지 않은가? 더는 우리 벗들이 나설 수 없는 것이 혼례일세. 자네는 마땅히 외숙에게 혼례를 주관해달라고 청해야 하네. 이 돈이면 가난한 사람 혼수는 족히 마련할 수 있어. 자네 외숙에게 별로 손해를 끼치지 않을 걸세. 외숙을 찾아가게."

"무슨 소리를 하는가? 아버님과 내가 굶주리다 못해 찾아가도 밥 한 끼니 안 주고 문전박대했이. 그런 외숙을 찾아가라고?"

"옛날 일이잖나. 그저 혼수 마련 좀 부탁드리고 혼인 잔치에 같이 가달라는 건데 뭐……."

조 도령은 내키지 않았지만 혼수를 해가고 외숙 양반을 모시고 가면, 장인네 체면이 더 설 것은 틀림없는 일이기에 외숙을 찾아갔다.

외숙은 문전박대까지는 안 했지만, 떨떠름히 맞아주었다. 혼인하게 된 일을 얘기하자, 외숙이 비로소 환한 표정을 지었다.

"너 같은 사고무친 가난뱅이가 부잣집 딸을 얻으니 실로 천만다행이다. 구태여 문벌 고하를 따지겠느냐?

내 너를 위해 혼인날에 늦지 않게 혼수를 마련할 것이다. 너는 걱정 말고 우리 집에 머물러 있거라."

혼인날을 하루 앞둔 저녁이었다. 외숙과 사촌들이 사납게 변했다. 그들은 조 도령의 수족을 꽁꽁 묶었다. 솜으로 입을 틀어막았다. 광에다 처박아두고 커다란 자물통을 채웠다. 그들은 밤이 되자 예법대로 최 풍헌의 집에 폐백을 보냈다. 혼인날이 밝았다. 외숙은 제 아들을 신랑의 복색으로 차려입혀 신붓집으로 떠났다.

광에 갇힌 조 도령은 발버둥 쳤지만 비명도 지를 수 없었고 손발가락도 움직일 수가 없었다. 분노와 상심으로 일그러진 얼굴로 눈물만 줄줄 흘렸다. 외숙은 대체 무슨 일을 벌이려는 것인가?

밤이 되었다가 아침이 된 것을 알 수 있었다. 어떻게든 혼인식에 가야 하는데 꼼짝 못 하는 몸이 되고 말았다. 차라리 죽었으면 좋겠다. 죽으면 귀신이 될 테고 귀신이 된다면 훨훨 날아가 신부를 만날 수 있을 것 아닌가.

최 풍헌 집에서 혼례가 시작되었다. 신랑 차림의 청년이 목기러기를 들고 성큼성큼 걸어와 혼례상 위에

놓고 절했다. 외숙에게는 조 도령과 꽤 닮은 아들이 하나 있었다. 그 아들 역시 노총각이었는데 이참에 조 도령 대신 장가를 들일 작정이었다. 나중에 이 일이 밝혀지더라도 혼례식 치르고 첫날밤 치르면 돌이킬 수 없는 일이니까.

최 풍헌은 조금 이상했다. 서당에서 보았던 조 도령 같지가 않았다. 사모관대를 쓰고 치장을 했으니 달리 보이는 것이겠지 하고 의심을 풀었다. 하지만 최 규수는 아버지와 달리 신랑이 바뀌었음을 단박에 알아보았다. 무슨 일이 일어났다!

혼례 주관자가 "교배" 하고 외쳤다.

신랑과 신부의 맞절. 여기서 맞절을 해버린다면, 이것만으로도 예식이 이루어졌다고 우길 수 있다. 절을 하면 안 돼. 규수는 주저앉아서는 혼절한 체했다. 예식을 뒤로 미루고 부인네들이 신부를 신방으로 데려갔다. 신부는 물도 못 넘기며 정신을 못 차렸다. 신부의 혼절이 길어지자 소란도 진정되었다. 신랑네는 손님방에 머무르게 하고 신부가 깨어날 때까지 기다리기로 했다.

옆에서 지키던 부인이 밖에 나갔다. 신부는 혼례복

을 벗어 던졌다. 밖을 살피다가 사람들이 딴 곳을 보는 틈에 밖으로 나갔다. 고양이처럼 살금살금 걸어 머슴방에 들어갔다. 맞춤해 뵈는 옷을 주워 입고 초립을 쓰니 소년 차림이 되었다. 집을 나가 옆 마을로 달렸다.

서당에는 벗들이 모여 조 도령이 지금쯤 어찌하고 있나 추측하며 떠들고 있었다. 한 초립동이 뛰어 들어오더니 물었다.

"조 도령은 어디 계시오? 오늘 장가가는 조 도령 말이오?"

"그야 장가가는 집에 있지. 바로 옆 마을 최 풍헌네야. 마당에 차일 치고 사람이 복작거리는 집이겠지. 근데 너는 누구기에 여기 와서 장가가는 조 도령을 찾느냐?"

"가만, 이상하게 생겼는걸. 넌 사내냐 계집이냐?"

초립동은 대답하지 않고 또 물었다.

"조 도령의 집이 여기 서당 아니었나요? 오늘 서당서 잔 게 아닙니까?"

"아니지, 외숙네 집에서 머물렀지. 그 집에서 혼수 준비를 했어. 넌 누구냐니까?"

"제가 조 도령의 아내입니다. 제 집에 와 있는 신랑

은 조 도령이 아니에요. 바뀌었습니다. 조 도령을 찾아야 합니다. 제 집에 있는 놈은 가짜입니다."

모두 휘둥그레졌다.

규수가 닦달하듯 말했다.

"어서 조 도령을 찾아야 합니다. 누가 조도령 외숙의 집을 아십니까? 아신다면 저를 안내해주십시오."

젊은 양반들은 규수를 제대로 본 적이 없었다. 규수의 말이 하도 황당하여 이해하기가 힘들었다. 모두 멀뚱멀뚱하고 있자 최 규수가 다그쳤다.

"외숙네 집이라도 빨리 가르쳐주십시오."

한 사람이 대략 가르쳐주었다.

밖에 양반 하나가 타고 온 말 한 마리가 있었다. 말을 탈 줄 아는 최 규수는 고삐를 풀어 타고 십 리를 달려갔다. 몇 번 물어보고 조 도령의 외숙네를 찾을 수 있었다.

그 집 울타리에서 머뭇거리다가 달팽이집 같은 행랑채를 발견했다. 노파가 한숨을 푹푹 내쉬고 있었다.

최 규수는 다가가 물었다.

"할머니, 무슨 안 좋은 일 있으세요? 한숨이 깊네요."

"못 보던 사람인데? 사내요? 참 곱게도 생겼다."

"집 안에 아무도 없습니까?"

"그냥 가. 나그네가 아실 일이 아니야."

"말씀해주세요. 답답하신 것 같은데 저한테 털어놓으시면 속이 편할 수도 있잖아요."

"누군 줄 알고!"

규수가 떠나지 않고 말해주기를 조르자, 도저히 못 참겠던지 노파는 털어놓았다.

"이 늙은 것은 이 댁 주인 양반 누님의 교전비였다오. 상전이 돌아가신 후 본댁에 돌아와서 지냈지요. 우리 상전께서 난 아들이 하나 있었소. 그 아드님이 며칠 전에 찾아와 혼인을 하게 되었다고 말했소. 어찌나 기쁘던지 덩실덩실 춤추었지. 근데 외숙 양반이 원래부터가 성질이 흉악한 사람이오. 나만 해도 얼마나 얻어맞고 괴롭힘을 당했는지 몰라. 글쎄 고 외숙 양반 놈이 우리 상전 아드님을 가둬놓고 자기 아들을 데려갔지 뭐요. 아이구, 우리 도련님 어떻게 해. 내가 도와드리고 싶어도 이 집에서 쫓겨나면 굶어 죽어야 되니 이러지도 못하고 저러지도 못하고 한숨만 푹푹 쉬는 게지."

"할머니, 제가 상전 아드님의 신부예요."

"잉, 무슨 말이래요?"

"할머니 우리를 도와주세요. 우리가 할머니를 잘 모실게요. 아주 간단합니다. 집 안에 있는 사람들을 밖으로 다 끌어내세요. 조 도령은 제가 구할게요."

"어떻게요, 어떻게요?"

"흉악한 외숙 양반이 다 데려오랬다고 하세요. 무슨 큰일이 났다고 둘러대셔요."

"무서워서, 난 무서워서."

"조 도령을 구해야지요. 구해서 함께 가요."

노파가 집 안으로 들어갔다. 할머니가 무슨 말을 어떻게 했는지 모르지만 여남은 사람이 몽둥이 하나씩을 들고 집을 나왔다. 그들은 어디론가 막 달려갔다. 할머니는 그들을 따라가다가 넘어지는 체하며 주저앉았다.

규수는 집 안으로 들어갔다. 광을 찾았다. 돌덩이를 주워다가 자물통을 세게 쳤다. 손이 까져 피가 났다. 멈추지 않고 계속 돌질을 했다. 자물통이 깨졌다. 광문을 열고 들어가자 조 도령이 보였다. 입에 물린 솜덩이를 빼냈다. 근처에 있는 낫을 주워 동아줄을 잘랐다. 조 도령은 실신해 있었다. 조 도령을 둘러업었다. 규수 스스로도 놀랐다. 내게 이런 힘이 있었나. 위급한 상황에 처하면 없던 힘이 솟는다더니 말이 참말이었다.

노파가 "아이구, 도련님!" 하며 울어댔다.

밖으로 나갔다. 조 도령은 앞에 태우고 노파는 뒤에
태웠다. "다 큰 처녀가 사내처럼 말타기를 배우겠단 말
이냐? 별 해괴한 소리를 다 듣겠다." 아버지가 몹시 꾸
짖었지만, 박박 우겨 배워놓기를 얼마나 잘했나. 달려
가다가 외숙 양반네 사람들을 만났다. 그들이 몽둥이
를 휘두르며 뭐라고 소리를 질러댔다. 규수가 그대로
돌진하자 그들은 황망히 길을 비켰다.

규수가 서당 마당으로 뛰어들자, 양반 청년들은 기
막혀했다. 청년들이 조 도령을 마루에 뉘었다.

"할머니, 조 도령을 돌봐주세요. 저는 우리 집에 있
는 흉악한 놈을 잡으러 갑니다."

규수는 다시 말을 달려 제집으로 갔다. 모두 웬 초립
동이 말 타고 잔칫집에 들어왔는가, 놀랐다. 규수가 초
립을 벗고 머리를 풀자 사람들이 알아보았다.

"신부가 아닌가!"

규수는 조 도령의 외숙과 신랑 차림을 가리키며 외
쳤다.

"저들은 가짜입니다. 저들이 내 진짜 신랑을 광에 가

두고 죽일 뻔했습니다. 내 진짜 신랑은 무사합니다. 어서 저자들을 붙잡아야 합니다."

외숙과 가짜 신랑은 사태를 알아차리고 꽁지 빠지게 달아났다. 최 풍헌의 하인들은 규수의 말이 참인 줄 알게 되었다. 하인들이 쫓아가 외숙과 가짜 신랑을 묵사발 냈다.

저물녘에 다시 초례청이 차려졌다. 회생한 조 도령과 신부 차림으로 돌아온 최 규수가 혼례를 치렀다.

거짓을
찌르다

이 글의 원문은 『아정유고(雅亭遺稿)』에 수록된 「은애전(銀愛傳)」이다. 『아정유고』는 조선 정조 때 규장각 검서관을 지낸 이덕무(李德懋, 1741~1793)의 문집이다. 여러 저작 가운데서 저자 자신이 골라 뽑아 엮은 책이다. 이덕무의 아들인 광규(光葵)가 아버지의 방대하고 해박한 저작을 모두 망라하여 『청장관전서』를 편집하였기 때문에 이 책에 가려 덜 알려져 있지만, 이덕무의 실학적 사고와 뛰어난 문학적 재질과 기량을 한눈에 볼 수 있다.

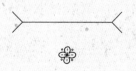

안 씨 할멈은 나이 든 기생이었다.

할멈은 우리 집에 자주 왔다. 착한 어머니가 그녀에게 잘해주었기 때문이다. 할멈은 평판이 아주 안 좋았다. 성미가 고약하다, 고마워할 줄을 모른다, 아무 말이나 막 한다. 다른 집에서는 문전 박대를 당하기 일쑤였지만, 어머니는 좋은 얼굴로 맞이해 사뭇 대접을 해주었다.

다른 집에서는 할멈에게 아무것도 빌려주지 않았지만, 어머니는 곡식, 돈, 소금 같은 것을 선선히 내주었다. 잘 갚지 않았고 갚아도 꼭 모자라게 갚았는데도,

어머니는 싫은 말 한번 하지 않고 계속 빌려주었다.

나는 할멈이 싫었다. 어머니는 왜 저런 밉상 노인네 비위를 맞춰주는지 이해가 되지 않았다. 할멈은 옴병이 있었다. 어떻게 해도 낫지 않는다나. 늘 가렵다고 아무 때나 제 몸뚱이를 득득 긁어댔다. 우리 집에 왔을 때도 거리낌 없이 긁어댔다. 할멈의 몸에서 떨어져 나온 살비듬이 흉한 벌레처럼 보였다. 옴병이 우리 식구에게 옮겨 붙을까 봐 겁났다. 할멈이 가고 나면 꼭 대청소를 했다.

할멈은 신세 한탄을 해댔다. 자기가 옛날에는 잘나가는 기생이었는데 어쩌다 보니 어린것들한테도 괄시받는 천덕꾸러기가 되었다고 엉엉 울어댔다. 또 동네 사람들 흉을 보고 욕을 해댔다. 할멈의 말을 듣고 있으면 우리 동네 사람들은 다 '개같은 놈'이고 '벌레 같은 년'이었다. 좋은 말도 자꾸 들으면 듣기 싫은데, 나쁜 말을 자꾸 들으니 미칠 지경이었다.

할멈이 제발 우리 집에 안 오게 해주세요. 해님과 달님과 부처님을 우러러 비손한 게 한두 번이 아니었다.

아버지가 돌아가시고 우리 집 형편이 말이 안 되게 어려워졌다. 온 동네가 아는 일인데, 할멈은 저만 모른다는 듯 계속 뻔질나게 드나들었다. 어머니는 형편이 안 되는데도 콩 한 쪽을 나눠먹는 심정으로 주고는 했다. 그것도 한두 번이지 결국은 사정하게 되었다.

"할머니, 이젠 저한테 뭐 꾸러 오지 마세요. 우리 모녀 하루에 한 끼 먹을 것도 없어요. 도와드리고 싶지만, 우리 식구도 살아야지요."

알아듣고 조용히 돌아가서 출입을 끊는 것이 제대로 된 사람 아니겠나.

근데 할멈은 화를 내는 것이었다.

"은애 어멈마저 이 노인네를 괄시하는구먼. 어이구, 분통 터져라. 내가 은애 어멈만은 사람다운 사람이라 여기고 늘 칭찬만 하고 다녔는데, 속았네, 속았어. 은애 어멈 마음씨도 차갑기가 얼음장 같구먼. 동네 늙은 이가 아사하게 되었다는데 돕기는커녕 나 몰라라 내치는구나. 그래, 네가 그러고 얼마나 잘사나 보자. 아이구, 이놈에 옴병, 이 집구석에도 옮아라. 니들도 종일 몸뚱이 가려움에 시달려봐야 내 불쌍한 신세를 알지. 내 이 억울함을 풀고 말 거야. 두고 보라고."

어머니와 나는 어처구니가 없어 헛기침도 나오지 않았다. 뭐 이런 할망구가 다 있나. 그간 도와준 게 얼마인가! 고마움을 표하지는 못할망정 악담을 퍼붓다니. 어머니와 나는 분해서 울고 말았다.

할멈은 시도 때도 없이 찾아와서 악담을 퍼붓고 가는 것이었다. 하도 그러니 어머니와 나는 또 개가 와서 짖는구나 대수롭지 않게 여기게 되었지만, 때로는 무서운 마음이 들기도 했다.

내가 한번은 속생각을 드러내었다.

"어머니, 저 할망구를 징치하고 싶어요."

어머니가 몹시 놀라서 야단쳤다.

"은애야, 그게 사람이 할 소리냐? 열여섯 처녀 입에서 나올 소리냐? 아무리 분해도 그런 마음을 가지면 안 된다."

또다시 속생각을 드러내지는 않았지만, 할멈이 찾아오면 내가 지을 수 있는 가장 무서운 표정을 짓고 노려보았다. 할멈은 나를 무서워하지 않았다.

"저 어린것 눈깔 좀 보게. 살모사 배 속에서 나온 년 같구나. 나를 잡아먹기라도 하겠다는 거냐? 버릇없는 년, 싹수머리 없는 년, 못된 년, 못생긴 년."

세상에 뭐 저런 할망구가 있을 수 있단 말인가. 부글부글 끓는 속을 간신히 참아냈다.

그런데 그게 끝이 아니었다. 도저히 참을 수 없는 일을 당하고 말았다. 소문의 당사자가 소문을 제일 늦게 듣는다고 했던가. 나에 대한 소문을 뒤늦게 들었다. 우리 동네는 물론 온 고을에 다 퍼진 소문은 한마디로 말해서, 내가 최정련이란 상놈과 만난다는 것이다.

우리 마을에 최정련이라는 소년이 살았다. 나보다 두어 살 어렸다. 먼발치에서 본 적이 있는데 곱상한 선머슴이었다. 마음씨 고약하고 입 더러운 안 씨 할멈과 먼 친척이었다.

하루는 할멈이 정련에게 은근히 말했다.

"장가를 들고 싶지 않느냐? 눈여겨봐 둔 처녀라도 있느냐?"

"뭐, 다 예쁘지요. 아무라도 다 좋아요."

"이왕이면 제일 예쁜 처녀한테 장가가야지. 은애는 어떠냐?"

"은애요? 은애라면 아름답고 근사하지요. 총각들 사이에서 인기가 으뜸이지요. 은애한테 장가갈 수만 있다면 어찌 행복하지 않겠어요?"

"은애한테 말을 걸어보았니?"

"아이구, 남녀칠세부동석인데 어떻게 말을 걸어봐요."

"이 할미에게 좋은 생각이 있다. 이 할미 말대로만 하면 너는 은애한테 장가갈 수 있다. 은애를 네 아내로 맞이할 수 있어."

"그게 어려울걸요. 은애네가 몰락하여 가난뱅이라고는 하지만 그래도 양반네잖아요. 우리 집은 생짜 상놈 집안인데. 은애네가 아무리 어렵다고 해도 우리 집과 혼인하려고 하지는 않을 텐데요."

"이놈아, 머리를 써야지. 방법이 있다니까."

"정말요? 방법이 있다면야."

정련은 기대에 차서 침을 꿀꺽 삼켰다.

할멈이 가르쳐준 방법이라는 게 참 유치하고 한심했다.

"너는 그저 돌아다니면서 이미 은애하고 서로 좋아하는 사이라고 떠들고만 다녀라. 물레방앗간에서도 만나고 상엿집에서 만난 사이라고 소문을 퍼뜨리란 말이야."

"겨우 헛소문 퍼뜨리는 게 방법이에요?"

"이놈아, 헛소문보다 무서운 게 없다. 그런 소문이

퍼지면 은애 고것이 뭘 어쩔 것이냐. 너한테 시집오는 수밖에. 내 반드시 일을 성사시켜주마."

정련이 안 좋은 머리로 생각해보니 가망이 있어 뵈는 일 같았다. 아니 틀림없이 될 일 같았다.

"좋아요, 할머니. 해보자고요."

"내가 온몸에 옴이 올라 잠을 제대로 못 잔다. 의원에 이 옴병에 즉효인 약이 새로 나왔다더구나. 매우 비싸다지. 네가 은애한테 장가들게 되면 약값을 대주겠느냐?"

"약값뿐이겠어요? 비단옷도 해드릴게요."

"그럼 가르쳐준 대로 소문을 마구마구 퍼뜨리거라. 나 또한 부지런히 소문을 내마. 너랑 은애가 만나는 것을 봤다고 입나발을 불고 다니마."

정련은 사람마다 붙잡고 한밤중에 나랑 이러저러한 곳에서 이러쿵저러쿵했다고 나불대고 다녔다.

할멈은 또한 이런 식으로 소문을 내고 다녔다.

"은애가 정련이한테 반해서 나더러 중매를 부탁하지 않겠수? 내가 정련이와 은애를 우리 집에서 만나도록 해주었지. 두 눈으로 똑똑히 본 일이라오."

도무지 믿지 못하고, 어림도 없는 소리로 여겨 할멈

을 나무라는 이도 있었다.

"정련의 집은 보잘것없는 상놈 집안이고, 은애로 말하면 양반집 딸이 아닌가? 또한 은애는 도도하기로 소문난 처녀인데 설마 철없는 정련이 같은 것에 마음을 주겠는가. 그런 어처구니없는 말은 입 밖에 내지도 마오."

진실보다 거짓이 힘세다. 진실이 산들바람이라면 거짓은 태풍이다. 사람들은 정련이를 철없는 소년으로, 안 씨 할멈을 천하에 둘도 없는 허풍쟁이로 알아왔다. 처음에는 정련이와 할멈을 믿지 않았다. 거짓은 눈덩이와 같았다. 거짓은 데굴데굴 구르며 몸집을 불렸다. 믿지 않던 사람들이, 정말로 정련이와 은애가 호박씨를 깠을지도 몰라, 있을 법한 일이야, 시나브로 믿게 되었고, 약간의 믿음이 가미되자 거짓은 진실로 둔갑해버렸다.

거짓 소문은 빠르기도 했다. 석 달 만에 온 고을에 파다하게 퍼졌다.

그 소문을 가장 늦게 들은 사람이 바로 나, 은애였다.

부엌칼을 집어 들었다.

어머니가 내 다리를 붙잡고 늘어졌다.

"참아라, 참아야 한다."

"못 참아요. 그 할망구랑 정련이 놈 주둥이를 베어버
릴 거예요."

"안 된다, 그 못된 것들 때문에 네 신세를 왜 망친단
말이냐?"

"거짓 소문 때문에 시집이나 갈 수 있겠어요? 이미
신세는 망친 거예요. 그것들을 징치하고 나는 자진하
겠어요."

"헛소문은 헛소문일 뿐이다. 진실을 알아주는 청년
이 있을 것이야. 그런 청년과 인연이 닿아 시집도 갈 수
있을 테다. 헛소문 때문에 괴로워할 것 하나도 없다."

"어머니, 시집 못 가서 환장한 게 아니라고요. 분해
서 그래요, 분해서. 그 할망구가 사람인가요? 우리가
얼마나 잘해줬나요? 그런데 곡식 한 번 안 빌려줬다고
우리를 그리 괴롭혔어요. 그것도 모자라서 그런 끔찍
한 소문을 퍼트리다니. 사람의 가죽을 쓰고 그럴 수는
없는 거라고요. 정련이 그놈이야 장가갈 욕심에 부화
뇌동(附和雷同)했다 쳐요. 그 철없는 어린애가 뭘 알겠

어요. 하지만 그 할망구는 용서할 수가 없어요."

"은애야, 제발 참아라. 네가 잘못되면 이 어미는 어찌 살란 말이냐? 너 하나 보고 사는 목숨이다. 정 할망구를 해하고 싶거든, 이 어미부터 해하고 가라. 네가 할망구를 해하면 너 또한 인생이 끝날 텐데, 그 꼴 못 본다."

주저앉고 말았다. 어머니를 껴안고 펑펑 울었다. 분해 울음을 그칠 수가 없었다. 내가 땅바닥에 박아놓은 부엌칼이 노을빛에 물들었다.

상상 속에서나마 신랑감으로 생각한 청년이 있었다.

김양준은 양반이기는 했으나 서얼이었다. 할아버지가 서자였으므로 아버지도 김양준도 서얼이었다. 김양준은 서얼에게도 등용문이 열려 있는 무과 급제를 준비했다. 서책을 착실히 읽고 무예를 부단히 수련했다. 어머니와 함께 삯바느질한 것을 그 댁에 전해주러 갔다가 그 모습을 몇 번 보았다. 그가 내 꿈속에 자주 나타났다.

안 씨 할멈과 최정련에게 앙갚음할 생각은 버렸으나 딱 자진하고 싶은 마음이었다. 거짓으로 더럽혀진 삶,

더 살아 뭐 할까. 그러나 어머니를 생각하니 살아야 했다. 살 수밖에 없었다.

분하고 서럽고 마음을 진정할 수 없을 때면 대숲에서 울었다. 그날도 대숲에서 울고 있는데 김양준이 나타났다. 그는 활을 메고 있었다.

양준도 나를 알고 있을 테다. 뜻밖에도 그가 내게 말을 걸었다.

"은애 낭자, 혹시 딴생각을 하는 것은 아니지요?"

"어인 물음이신지요?"

"통곡하고 있잖소. 낭자가 무서운 생각이라도 할까 봐 그대로 지나칠 수가 없었소."

양준은 내가 목을 매기라도 할까 봐 걱정이 되는 모양이었다.

"도련님도 내 소문을 들었군요."

"나는 믿지 않소."

"정말요?"

"나는 은애 낭자를 아오. 우리가 한 번도 얘기한 적은 없지만 나는 은애 낭자에 대해서 모르는 게 없소. 은애는 세상에서 가장 순결한 여자요."

"그러나 헛소문은 힘이 셉니다. 온 고을 사람들 눈에

저는 세상에서 가장 더러운 여자겠죠."

"아니오! 아니면 되잖소."

"도련님, 차라리 그 활로 제 가슴을 쏴줄 수 없나요? 저 같은 게 살아서 뭐 해요?"

"진실을 믿는 남자에게 시집가면 되잖소."

"그런 남자는 없습니다."

"여기 내가 있잖소."

우리는 어렵지 않게 혼인했다. 양준의 어버이는 아들과 마찬가지로 헛소문을 믿지 않았다. 양준의 어버이는 어릴 때부터 나를 좋게 보았다. 그 어머니에 그 딸이란 말을 믿어 내가 내조 잘하는 부인네가 될 것이라 믿어주었다.

혼인했어도 끔찍한 소문은 수그러들지 않았다. 신혼을 알콩달콩 잘 살아가고 있는데도 헛소문은 끈질기게 돌아다녔다. 내 혼인 잔치에서 잘 얻어먹은 동네 사람들이 우물가에서 빨래터에서 논바닥에서 아직도 수군댄다는 것이었다. 모이기만 하면 나랑 정련이 얘기를 한다는 것이다. 소문은 더욱 끔찍해져 있었다. 내가 혼인한 뒤에도, 정련이를 못 잊어 몰래 만난다는 것이었다.

소문의 힘은 컸다. 시부모가 기대했던 것만큼 며느리 노릇을 해내지 못했다. 그분들은 나 때문에 화나고 속상할 때가 많았다. 그 섭섭한 마음이 헛된 소문을 믿게 했는지도 모른다. 그분들은 소문을 핑계 삼아 나를 구박하기 시작했다.

유일하게 믿어주었던 신랑도 눈치가 슬슬 이상했다. 아니 땐 굴뚝에 연기 나겠느냐는 투로 말할 때가 잦았다.

신랑은 과거 시험을 보러 한양으로 떠났다. 시부모는 꼴도 보기 싫으니 처가에 가 있으라고 했다. 소박맞는 심정으로 친정에 돌아왔다.

빨래터에 갔다가 안 씨 할망구가 떠드는 소리를 들었다.

"처음에 은애 고것이 나한테 옴 고치는 약값을 주겠다면서 제발 정련이랑 맺어달라고 사정사정해서 내가 소원대로 맺어준 것이거든. 고년이 정련이랑은 잘 놀다가, 시집은 훨씬 조건 좋은 김양준이한테 갔잖여. 그랬어도 정련이한테 양다리를 걸치고 있으니까, 나한테 약값을 주는 게 맞잖여? 그런데 요것이 딱 잡아떼먹고

약값을 주기는커녕 어른한테 인사도 안 해. 소박맞고 쫓겨난 게 신나는가 봐. 어련하겠어. 정련이랑 마음껏 만날 수 있게 되었으니 오죽 좋을 겨. 아이구, 고 불여 시 년이 약값을 안 주니 내 병이 더욱 위중하게 되었구나. 정말 은애 고년은 내 원수여."

빨랫감 바가지를 안은 채 쿵 주저앉았다. 내게 소문을 전해준 이들은, 내가 기분 나쁘지 않도록 에둘러서 말해주었다. 그 에두른 말도 나를 그토록 화나게 했는데 소문의 주범 안 씨 할멈의 입에서 흘러나온 소리를 두 귀로 직접 들으니 핏줄이 다 터지는 듯했다. 오장육부가 뒤죽박죽되어 덜그럭대는 듯했다.

그날 초저녁이었다. 부엌칼을 치마 허리춤에 숨겼다. 혼자 사는 안 씨 할멈의 집으로 갔다. 사립짝문을 밀고 들어갔다. 곧장 할멈의 방으로 뛰어들었다. 외로운 등불이 가물가물 타오르고 있었다. 할멈은 막 잠자리에 들려고 했던 모양이다. 속치마만 입고 있었다. 할멈이 화들짝 놀라서 바로 앉았다.

허리춤에서 부엌칼을 빼 들었다. 부엌칼을 비껴들고 할멈을 노려보았다. 할멈의 눈썹이 곤두섰다.

"은애구나. 네가 이 밤에 어쩐 일이냐?"

"몰라서 묻소? 할멈한테 당한 모함으로 내 인생은 완전히 망가졌소. 네년에게 분을 풀어야 하겠으니, 이 칼을 받아봐라!"

부들부들 떨었다. 내가 민물고기 배는 따본 적이 있어도, 발 달린 짐승은 어찌 해본 적이 없었다. 쥐도 못 건드려보고 닭도 못 잡아봤다. 그런 내가 어떻게 사람을 찌를 수 있겠는가. 징치하고 싶어도 징치할 용기도 힘도 없었다. 겁만 주려고 했다. 부엌칼로 위협하면, 할멈이 잘못했다고 빌 줄 알았다. 잘못했다고 빌면, 좀 야단친 뒤에, 용서해주려고 했다.

그저, 사죄받고 싶었다. 그저, 지금까지 내고 다닌 소문이 거짓임을 온 동네 사람들에게 얘기하겠다는 약속을 받아내고 싶었다.

할멈이 나를 빤히 올려다보더니 피식 웃었다.

"저렇게 가늘고 약해 빠진 것이 무얼 하겠다고."

내 귀가 잘못되었나. 이 할망구가 진짜!

할멈이 이기죽거렸다.

"흥, 음탕한 계집년 같으니라고. 찌르고 싶으면 찔러봐라! 네까짓 년이 그럴 힘이라도 있냐?"

할멈은 자기가 지어낸 이야기를 사실로 믿고 있는 듯했다.

"할멈이 다 지어낸 거짓말이잖아!"

"음탕한 계집년이 악은 잘 쓰네."

"할멈, 어서 진실을 말해. 진실을 말하라고!"

"음탕한 년, 못 찌르겠지? 헤헤, 닭도 못 잡는 년이."

머리카락이 일제히 곤두섰다. 소리쳤다.

"못 할 줄 알고!"

어떤 거대한 불길에 휩싸였다. 그 불길은 분노였다. 나를 막을 수가 없었다. 나를 멈출 수가 없었다.

정신이 좀 들었다. 내가 찌른 것은 헛소문 괴물이 아니었다. 사람이었다.

내가 무슨 짓을 한 건가.

칼을 든 채 할멈의 방을 나왔다. 그믐달이 떠 있었다.

내가 무슨 짓을……, 아니다, 내가 해야 할 일이 남아 있다. 할멈만 징치해서 될 일인가. 최정련 그놈도 징치해야 한다. 최정련의 집을 향해 뛰어갔다.

나는 내가 아니었다. 귀신에 들린 허깨비였다.

누가 나를 막아서더니 울부짖었다.

"아이구, 은애야, 이게 무슨 꼴이냐. 어딜 가는 게야. 설마 우리 정련이한테 분을 풀러 온 것이냐? 정련이 죄가 크다. 네 마음을 알겠다. 하나 정련이는 이제 겨우 열다섯이다. 장가도 못 갔다. 제발 살려다오. 차라리 나부터 찔러라. 내가 잘못 가르쳐서 그렇게 된 것이다. 내가 정련이 대신 이렇게 빈다."

정련의 어머니였다. 그녀가 무릎 꿇고 싹싹 빌고 있었다. 그녀 등 너머에 정련이 덜덜 떨고 있었다. 내가 노려보자, 정련은 입에 거품을 물더니 쓰러졌다. 정련의 어머니가 제 아들을 향해 달려갔다.

돌아섰다. 다 끝났다. 뭔지 모르지만 다 끝났어. 웃다가 울다가 하며 집으로 돌아왔다. 내 방으로 들어가 가만히 누웠다. 내가 누군지 알 수 없었다.

관가에 잡혀갔다. 저지른 일에 대하여 거짓 없이 밝혔다. 숨길 게 없었다. 숨겨야 할 것도 없었다. 내 기억의 전부를 낱낱이 말했다.

사또는 내 말을 믿지 않았다.

"할멈은 건강한 부인이요, 너는 방년 십팔 세의 연약한 계집아이거늘 칼질한 것을 보니 흉악하기 짝이 없

다. 혼자서 저지른 일이라고 볼 수 없다. 공모한 자가
누구냐?"

나는 목에 칼을 썼다. 손목과 발목엔 쇠고랑을 찼다.
몸뚱이는 무거운 사슬에 얽혔다. 두려울 게 없었다.

"규방의 처녀가 무고를 입사오면 비록 몸을 더럽히
지 않았다 할지라도 더럽혀진 것이나 다름이 없습니
다. 할멈은 본시 기생의 몸으로 규방의 처녀를 모함하
였습니다. 할멈은 제가 시집가 잘 사는데도 무고를 멈
추지 않았습니다. 할멈을 찌른 것은 어쩔 수 없는 일이
었나이다. 홀로 원수를 갚은 일입니다. 누가 이 몸을
도와 이런 흉사를 도모하겠습니까?"

아홉 번이나 모진 심문을 당했지만, 끝까지 사실을
말했다. 나 혼자 한 일이라고.

틈만 나면 간청했다.

"저는 살인을 했으니 이 몸도 죽는 것은 당연합니다.
그러나 죄를 물을 곳이 남아 있습니다. 최정련에게 남
을 모함한 죄를 물어주소서."

최정련은 할멈의 꾐에 넘어간 것이니 용서해줄 마음
이었으나, 옥에 갇혀 따져보니 그놈을 용서할 이유가
없었다. 그놈 또한 할멈만큼 나를 모함했다. 물귀신처

럼 최정련을 붙잡고 늘어질 작정이었다. 감옥 구경은 시켜야 될 것 아닌가.

사또가 말했다.

"최정련은 나이가 어려 죄를 묻지 않기로 했다. 너는 죽음을 면치 못할 것이다. 네가 사사로이 원한을 갚은 이 사건은 비록 마음속에 쌓인 통분한 마음을 설분한 것이나, 그 죄가 살인이니 감히 용서를 받을 수가 없을 것이다."

당연히 죽을 줄 알았다. 일 년 뒤, 나는 풀려났다.

모든 대신이 사형에 처할 것을 주장했으나, 임금(정조 대왕)이 이렇게 말했다는 것이다.

"세상에서 살을 에이고 뼈에 사무치는 원한 치고 정조를 지키는 여자가 음란하다는 무고를 당하는 것보다 더한 일은 없다. (…) 수많은 주둥이가 마구 짖어대어 사방에서 들려오는 소리가 모두 자기를 비방하는 말이었다. 그리하여 원통함과 울분이 복받쳐 한 번 죽는 것으로 결판을 내려고 한 것이다. 그러나 그저 죽기만 해서는 헛된 용맹이 될 뿐 알아주는 사람이 없을 것이 염려되었다. 그러므로 식칼을 들고 원수의 집으로 달려가 통쾌하게 말하고 통쾌하게 꾸짖은 다음 끝내 추잡한 일개 여자를 찔러 죽였다. 마을 사람들로 하여금 자신에게는 하자가 없고 원수는 갚아야 한다는 것을 환히 알게 하였다. 은애를 특별히 석방하라."

새로 살게 된 인생에 감사하지도 않았다. 죽은 목숨인 줄 알고 옥에서 견디던 삶이었는데, 갑자기 산목숨이 되어 다시 세상으로 돌아왔다. 감옥에 갇히기 전에는 거짓 소문이 나를 미치게 했지만, 감옥에서 풀려난 뒤에는 진짜 소문이 나를 미치게 했다.

사람을 칼로 찔러 죽인 천하에 둘도 없이 잔인한 년! 이건 진실이었다. 진실은 거짓보다 힘이 셌다. 감옥에 영영 갇혀 있거나 사형당해야 옳았다. 돌아온 세상은 사람으로 사는 게 아니었다.

어머니를 모시고 고향을 떠났다. 나를 아는 사람이 없는 곳을 찾아, 멀리멀리 떠났다.

우울증을
이겨내는 방법

이 글의 원문은 따로 없고, 연암 박지원의 『방경각외전(放璃閣外傳)』
에 수록된 자서와 소설 등을 토대로 꾸며 쓴 것이다. 『방경각외전』은
연암 박지원이 십 대 후반부터 이십 대에 쓴 아홉 편의 소설을 묶은
책이다.

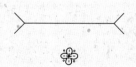

우울증은 연암의 진정한 벗이었다.

연암은 열두어 살 때 한 해 꼬박 쥐젖을 앓았다. 쥐젖은 살가죽에 젖꼭지 모양의 사마귀가 돋는 피부병이었다. 갖은 약을 쓰고 민간요법도 다 써봤지만 영 낫지를 않았다.

홀로 방 안에 갇혀 지내야만 했다. 종일 집 밖으로 쏘다니며 골목대장 푼수는 되게 활발하던 아이가, 어느 날부터인가 갑자기 격리되어 혼자만의 나날을 보내게 된 것이었다.

지금도 그 길고 무겁고 지루하고 덥고 권태롭던 날

들을 기억한다! 그 상황에서 그 누가 우울한 인간이 되지 않을 수 있을까. 무시로 연암을 괴롭히는 우울증은 바로 그때 생긴 게 틀림없다.

물론 그 독방의 나날이 연암에게 우울증만 안겨준 것은 아니었다. 연암은 본의 아니게 무수한 생각을 했고 무수한 이야기를 지어냈다. 머리가 터지도록 생각하고 이야기를 지어야 그나마 잠이 왔다. 이야기 속에서 살았다.

연암은 스무 살 무렵에 가장 크게 우울증을 앓았다. 스승 이양천이 돌아가신 날 호되게 발발했다. 잠을 거의 못 잤고 무기력했고 환각에 시달렸으며 끊임없는 두통에 시달렸다. 꿈인지 현실인지 분간하지 못하며 비몽사몽으로 살았다. 아내가 갖은 애를 써주었지만 불면과 불안과 혼돈의 상태는 수그러들지 않았다.

스승의 죽음이 젊은 연암에게 그토록 충격이었을까? 그랬을 테다. 보통 스승이 아니라, 세계를 가르쳐주고 인생의 목표를 갖도록 해주고 구체적인 실천을 지도해주었던 분이다.

스승의 죽음은 연암이 알던 세계를 다시 어둡게 만

들었으며 인생의 목표가 사라지도록 만들었으며 구체적인 실천을 포기하도록 만들었다. 스승 때문에 가질 수 있었던 모든 행운과 복이 스승과 함께 스러져 버렸다.

우울한 연암은 상민들에게서 병을 치료할 근거를 발견했다. 상민들은 문장도 모르고, 아니 글자 자체를 모른다. 양반에게 개돼지 취급이나 받고 사는 못나고 천한 것이라 생각했는데 어떻게 저토록 희희낙락 즐거이 살 수 있는 것일까? 양반보다 천배는 우울해야 마땅할 것 같은 비루한 것들이 유쾌하게 살아갈 수 있는 까닭을, 그 비결을, 알고 싶었다.

집 앞에 서 있다가 아무 상민이나 붙잡아 집 안으로 들여 그들의 이야기를 들었다. 종, 농사꾼, 백정, 나무꾼, 장사꾼, 왈짜패, 무뢰배, 전기수 등등 그 불상놈들은 양반이 부르니 어쩔 수 없다는 듯 집에 들어오기는 했어도, 이 양반이 무슨 해코지를 하려나 겁먹은 태도로 말을 잘 못했다.

연암은 그들이 좋아한다는 탁주를 따라주었다. 그저 당신들이 사는 얘기를 듣고 싶을 뿐이라고 진정을 밝혔다. 그들은 서서히 얘기를 풀어놓았고, 나중에는 제

이야기에 취해 연암이 그만하라고 말려도 쉬지 않고 떠들었다. 소문이 났다. 연암이랑 친해진 상민들이 인생 경력이 다채롭거나 말 잘하는 다른 상민들을 대동하고 찾아왔다.

"이 젊은 양반님이 이야기를 엄청 좋아하시거든. 그냥 아무 얘기나 떠들란 말이야. 아까 나한테는 잘도 땍땍대던 주둥아리가 갑자기 얼어붙었나? 겁 안 먹어도 돼. 이 양반님은 다른 양반님하고는 다르당께. 그렇쥬, 양반님."

"그렇다네. 우선 한 잔 들이켜고 아무 얘기나 해보게. 그대는 누구이며 어떻게 살아왔는가?"

연암은 그렇게 그들의 이야기를 듣고 살았다. 그러면 우울증이 좀 가시는 듯했다.

연암은 그들을 찾아다니기도 했다. 궁금한 것이 있으면 거리낌 없이 물었고 들었다. 그저 가만히 앉아 상민들의 짓거리를 종일 지켜보기도 했다.

상민들을 가장 많이 만날 수 있는 데는 물론 시장이었다. '껄껄선비'라는 별명은 시장 장사치들이 처음 지어준 별명이다. 시장을 쏘다니며 그들의 흥정과 다툼에 껄껄 웃어댔다. 그들은 연암이 양반인 관계로 대놓고 욕하지는 못하고, 비아냥조로 '껄껄선비'라 불렀다.

연암은 아주 유명해졌다.

"껄껄선비도 참 명물이우다. 한양의 강아지도 선생이 나타나면 아는 체를 할 판 아니우!"

"그 젊은 양반 놈 돌았지? 그렇지 않고서야 과거 공부에 목매달고 있어도 시원치 않을 놈이 우리 같은 시정잡배들과 어울리려 들겠어? 뉘 집 자식인지 모르겠지만."

"뭐라고? 경기관찰사, 예조참판, 공조참판 등을 지내고 지금은 지돈녕부사이신 노론 박필균 나리의 손자라고? 어허, 그러면 더욱 기맥히구면. 나름대로 잘나가는 집안 손자가 왜 그 모양이랴? 아비는 누구기에 그런 자식을 그냥 놔둘까? 맞아, 박필균의 아들 박사유는 과거에 급제도 못 하고 병약하고 사람 만나기를 어려워해서 방 안 지킴이로만 산다더니만 아들 관리에도 도통 신경을 안 쓰는구면."

연암이 상민들과만 교류한 것은 아니었다. 중인들도 만났고, 몰락한 양반들도 만났고, 서얼들도 만났고, 도사 같은 이들도 만났다.

그러나 연암의 우울은 쉽사리 사그라지지가 않았다.

그런데 오로지 우울 때문에, 버림받은 양반 족속들과, 국외자 같은 중인 것들과, 오만 잡놈들을 만났던 것일까? 진정, 그들과 어울려 웃고 떠들며 세상을 조롱하고 능칠 때, 우울이 가실 것이라고 믿었던 것일까?

그런 게 아니고, 천한 피가 흐르고 있었기 때문이 아닐까. 양반으로 태어났지만, 양반도 그냥 양반이 아니고, 감히 임금과 맞서 임금을 제 마음대로 움직이려고 설친다는 말을 듣는 노론 집의 자손으로 태어났지만, 본시 양반의 피가 아니라 천한 상민의 피가 흐르고 있었던 게 아닐까. 그래서 동류인 양반집 자제들과 있을 때는 느끼지 못했던 유쾌함을, 천한 것들과 있을 때 맛보곤 했던 게 아닐까.

어느 날 연암은 갑작스러운 충동에 이끌렸다. 상민 중에서도 가장 천한 똥간 치우는 놈 엄항수. 그의 일상과 내력을 이야기로 써보자. 연암은 붓을 잡았다. 격정에 휩싸였다. 빠르게 적어나갔다. 가슴을 구름처럼 덮고 있던 불쾌하고 어두운 기운들이 일시에 물러갔다. 어느 한구석에서 청량하고 유쾌한 기운이 솟아나 불가사리처럼 자라는 것을 느꼈다. 불가사리에게 머리와 마음을 맡겼고, 그 불가사리가 원하는 대로 붓질을 했다. 제목을 똥치기가 아니라 '예덕 선생'이라 적고 붓을 내려놓았다.

우울증이 사라지고 없었다.

이후 우울의 정도가 커질 때마다 연암은 만났던 이들을 주인공으로 행장을 지었다. 한때 거지 두목이었던 광문, 미치광이처럼 노래하는 소리광대 장덕홍, 신묘한 인생을 산 민 영감 등이 주인공이었다.

양반을 돈 주고 사려 했다가 스스로 포기한 어느 부유한 상민의 회고담을 재구성하기도 했다.

우울증을 고칠 방법을 얻어듣고자 신선이라 불리던 김홍기를 찾아 헤매던 일을 쓰기도 했다.

뛰어난 문재를 가졌으나 역관이라는 신분 때문에 지기 하나 얻지 못하고 불우하게 지내다 스물일곱에 요절한 이언진을 기리기도 했다.

이외에도 많은 이야기를 지어내고 썼다. 글쓰기가 우울증에서 벗어나는 데 어느 정도의 영향을 끼쳤는지 그것은 정확히 알 수 없다. 하지만, 분명한 것은 글쓰기를 일상적으로 하게 되면서 잠을 잘 잤다. 몸에 기운이 넘치고 과거 공부에 대한 의욕도 갖게 되고 부모와 아내에게도 더 잘하게 되었다.

　그걸 꼭 소설이라고 쓴 건 아니었다. 글을 쓸 때 논설도 넣고 허구의 이야기도 지어 넣었다. 때로는 시도 써 놓고 상민들의 말을 한자로 번역해 사용하기도 했다. 하고 싶은 대로 했는데, 후배들은 그걸 소설이라고 생각하는 것이다.

　그것이 소설이든 아니든 그 무엇이든, 글쓰기로 연암의 우울은 치료되었다.

　연암은 우울을 이겨내기 위해 쓴 글 중에 아홉 편을 골랐다. 『방경각외전』이라는 제목을 달아 책으로 묶었다. 다분히 치기 어린 마음이었다. 함께 공부하던 벗들에게나 보였던 그 책이 누군가 필사하여 퍼뜨리는 바람에 유명해졌다.

　젊은 선비들이 과거 공부는 뒷전으로 떠밀어놓고는 연암 글을 논했다. 연암의 이야기가 상민을 추켜세운 것에 대해 갑론을박했다. 연암의 이야기에 나오는 것처럼 양반들이 타락했는가를 놓고 으르렁대었다. 연암의 이야기에서 무슨 감동이나 교훈을 얻어야 하는지 설왕설래했다.

연암은 독보적인 이야기꾼이 돼 있었다.

작가의 말
─각색의 변

옛날이야기(신화, 전설, 민담, 전기, 야담, 한문소설, 국문소설 등등)를 현대인의 기호와 구미에 맞게 다시 쓰는 작업은 크게 두 가지입니다.

하나, 그대로 옮김.

옛날이야기는 대개 한자로 기록되었죠. 따라서 옮겼다는 것은 그저 번역했다는 것을 뜻하죠. 번역문도 글이 천차만별입니다. 똑같은 한문에 이토록 다른 번역들이 가능하다니, 일부러 다르게 번역한 느낌도 받죠. 누군가의 번역문과 똑같다면 베꼈다는 의심을 받을 수도 있고 자기가 한 일이 없는 것 같지 않을까요. 조금이라도 다르게 표현하는 것이죠.

둘, 작위적 글쓰기.

작가와 출판사와 기획자 등이 뭐라고 표현하든, 단순한 번역을 넘어서, 상당한 창작을 가미한 것입니다. 단순한 번역문이 뼈라면, '창작가미문'은 '뼈'에 살을 붙인 것이죠. '창작가미문'을 통칭하는 말은 성립되지 않았어요. 기획자, 출판인, 글쓴이는 저마다 다른 표현을 씁니다.

다시 썼다, 고쳐 썼다, 새롭게 썼다, 현대인의 기호와 구미에 맞게 썼다, 지었다, 패러디했다, 윤색했다, 각색했다…….

저는 이 중에 '각색'이 가장 적절한 표현이라고 생각합니다.

각색은 '시, 희곡, 소설 등 활자로 이루어진 문학작품이 시각적 이미지로 전환되어 영상화한 것을 말'하며 '주로 소설 텍스트를 영화의 시나리오로 바꿨을 때' 사용하는 말이죠.

한문 기록을 다시 쓰는 모든 글쓰기 행위에도 각색이란 말이 가장 잘 어울립니다.

지금 출판 시장에 무수한, 옛날이야기를 담은 책들

은 그래서 둘 중 하나입니다. 단순히 번역한 것이거나, 각색한 것이거나.

각색도 원작에 충실한 정도를 기준으로 원작 그대로의 각색, 원작에 충실한 각색, 원작으로부터 느슨한(자유로운) 각색 등으로 나뉩니다.

이 책은 매우 자유로운 각색에 속합니다.

조선 후기 한문책들에서 지금의 청소년이라 할 수 있는 소년들의 한바탕 이야기를 찾아내 최대한 각색했습니다. 12편입니다. 텍스트 출처인 한문책에 대개의 이야기는 간략히 적혀 있죠. 요즘의 '줄거리 요약' 수준입니다.

그 이야기들을 되풀이해서 읽고, 당시 상황에 맞춰 청소년 인물의 감정과 생각과 행동을 최대한 사실적으로 담아보려고 했습니다.

한국고전번역원의 '한국고전종합DB'의 번역문, 그 밖에 인터넷에서 열람이 가능한 번역문, 『이조한문단편집』(전 3권, 이우성·임형택 역편, 일조각)의 번역문을 참조했습니다.

어떻게 옛날 청소년을 제대로 그릴 수 있겠어요. '타산지석 이야기'로 꾸미는 데 집중했습니다. 다만 교훈이 부족할 수 있어요. "교훈은 강아지에게나 갖다줘!"라는 마음으로 썼어요.

흔히 옛이야기를 당대 청소년에게 전할 때, 어른들은 어떤 교훈을 주어야 한다는 강박관념을 가집니다. 청소년을 독자가 아니라 계몽 대상으로 여기니까요. 저는 그런 억지스러운 교훈으로부터 자유롭고 싶었습니다. 교훈보다는 그 인물의 사람다움을 나타내는 데 중점을 두었습니다. 그 이야기를 '사'실적이게, '개'연성 있게, '핍'진성 있게, 그래서 '진'실성까지 느껴지도록 꾸며보았습니다. 판타지가 넘치는 세상입니다만, 이런 사개핍진한 이야기도 필요하다고 생각합니다.

모쪼록 학부모와 청소년들이 재미를 맛보면서도 여러 생각거리를 얻었으면 좋겠습니다.

김종광

1971년 충남 보령에서 태어나고 자랐다. 중앙대학교 문예창작학과에서 공부했다. 1998년 〈계간 문학동네〉 여름호로 데뷔했다. 2000년 〈중앙일보〉 신춘문예에 희곡 「해로가」가 당선되었다. 소설집 『경찰서여, 안녕』 『모내기 블루스』 『낙서문학사』 『처음의 아해들』 『놀러 가자고요』 『성공한 사람』, 중편소설 『71년생 다인이』 『죽음의 한일전』, 청소년소설 『처음 연애』 『착한 대화』 『조선의 나그네 소년 장복이』, 장편소설 『야살쟁이록』 『율려낙원국』 『군대 이야기』 『첫경험』 『똥개 행진곡』 『왕자 이우』 『별의별』 『조선통신사』 『산 사람은 살지』, 산문집 『사람을 공부하고 너를 생각한다』 『웃어라, 내 얼굴』, 기타 『광장시장 이야기』 『따져 읽는 호랑이 이야기』 등이 있다.

조선 청소년 이야기

1판 1쇄 발행 2022년 12월 26일
1판 2쇄 발행 2023년 10월 25일

지은이 김종광

편집 이경숙 정소리 | 디자인 윤종윤 이주영 | 마케팅 김선진 배희주
브랜딩 함유지 함근아 고보미 박민재 김희숙 정승민 배진성
저작권 박지영 형소진 이영은 김하림
제작 강신은 김동욱 이순호 | 제작처 한영문화사

펴낸곳 (주)교유당 | 펴낸이 신정민
출판등록 2019년 5월 24일 제406-2019-000052호

주소 10881 경기도 파주시 회동길 210
전화 031.955.8891(마케팅) | 031.955.2692(편집) | 031.955.8855(팩스)
전자우편 gyoyudang@munhak.com

인스타그램 @gyoyu_books | 트위터 @gyoyu_books | 페이스북 @gyoyubooks

ISBN 979-11-92247-76-2 43810

이 도서는 한국문화예술위원회 2022년 어린이·청소년을 위한
예술활동 지원사업에 선정되어 문화예술진흥기금의 후원으로
제작되었습니다.

교유서가 〈첫단추〉 시리즈
옥스퍼드 〈Very Short Introductions〉

교유서가 〈첫단추〉 시리즈는 '우리 시대의 생각 단추'를 선보입니다. 첫 단추를 잘 꿰면 지식의 우주로 들어서게 될 것입니다. 이 시리즈는 세계적으로 정평 있는 〈Very Short Introductions〉의 한국어판입니다. 역사와 사회, 정치, 경제, 과학, 철학, 종교, 예술 등 여러 분야의 굵직한 주제를 알기 쉽게 설명합니다. 이 시리즈는 새로운 관점으로 '나와 세계'를 볼 수 있는 눈을 열어줄 것입니다.